Die Spur des Katers

Christian Bieniek wurde 1956 in Dieburg geboren. Er lebt in Düsseldorf und schreibt Bücher für Kinder und Erwachsene.

Marlene Jablonski wurde 1978 in Danzig geboren. Sie arbeitet seit ihrem Abitur als freie Schriftstellerin in Düsseldorf.

Vanessa Walder wurde 1978 in Heidelberg geboren. Sie arbeitete für die österreichische Jugendzeitschrift TOPIC und lebt heute als freie Schriftstellerin in Wien.

Christian Bieniek
Marlene Jablonski Vanessa Walder

Zwei echte Profis

Die Spur des Katers

CARLSEN

Außerdem im Carlsen Verlag in der Reihe
Zwei echte Profis lieferbar:
Neun Entführungen und ein Todesfall
Der geschmuggelte Ring
Ein charmanter Schwindler
Die verschwundene Ophelia
Jagd auf den Pillendieb

Veröffentlicht im Carlsen Verlag
Oktober 2004
Mit freundlicher Genehmigung des Ueberreuter Verlages

Umschlagbild: Karoline Kehr
Umschlaggestaltung: Doris K. Künster / Britta Lembke
Corporate Design Taschenbuch: Dörte Dosse
Gesetzt aus der Minion von H & G Herstellung, Hamburg
Druck und Bindung: GGP Media GmbH, Pößneck
ISBN 3-551-36259-9
Printed in Germany

Kapitel 1

Der blonde Junge blickt direkt in die Mündung des Revolvers. Schweißperlen stehen auf seiner Stirn. Der Mann hinterm Steuer würgt den Motor ab. Voller Angst sieht sich der Junge im Auto um, aber hier drin gibt es nichts, womit er sich wehren kann.

Entsetzt starrt er den Fettsack an, der die Waffe auf ihn richtet. Wird er abdrücken?

»Steig aus!«, faucht ihn der Mann plötzlich an.

Atemlos beobachte ich, wie der Junge hektisch die Tür aufreißt und aus dem Wagen stolpert. Wetten, dass er blitzschnell in den Wald rennen wird? Das würde ich an seiner Stelle jedenfalls tun. Dann würde ich laufen, bis ich vor Erschöpfung zusammenbreche. Und unterwegs würde ich mir garantiert vor Angst in die Hose machen.

»Was schaust du dir denn da an, Benedikt?«

Erschrocken zucke ich zusammen. Ich habe gar

nicht bemerkt, dass meine Mutter ins Wohnzimmer gekommen ist.
»Nichts!«, sage ich hastig und drehe wieder den Kopf zum Bildschirm.
Jetzt scheint es sich der Mann anders zu überlegen. Er zielt mit der Waffe aus dem Fenster.
Warum, werde ich nie erfahren, denn meine Mama drückt schneller ab als der Mann am Bildschirm. Sie hat sich die Fernbedienung geschnappt und schaltet aus. Das Bild zieht sich in Sekundenbruchteilen bis auf einen winzigen Punkt in der Mitte zusammen und erlischt dann ganz.
»Was soll das denn, Mutti?«, rege ich mich auf. »Es war gerade so spannend!«
»Na eben deswegen!«, erwidert sie ungerührt. »Das ist viel zu brutal für dich.«
Na toll! Ob alle Kindergärtnerinnen mit ihren eigenen Kindern so umgehen, als wären sie noch drei Jahre alt? Dabei bin ich doch schon zehn – und obendrein noch Detektiv! Was soll ich denn später mal meinen Klienten erzählen, wenn ich einen Mordfall aufklären soll? »Tut mir Leid, den Fall darf ich leider nicht übernehmen. Mama findet, das ist zu brutal für mich.«
Meine Mutter seufzt. »So ein Jammer, dass du

nicht lieber draußen spielst! Aber wir haben ja nicht mal einen eigenen Garten. Als ich klein war, da habe ich zu jeder Jahreszeit im Garten gespielt. Ich habe Tiere beobachtet und Pflanzen gesetzt und –«

»Wenn wir einen Garten hätten, würde ich trotzdem lieber fernsehen«, erkläre ich. »Vor allem an so einem Tag wie heute. Falls du es noch nicht gemerkt hast, Mutti: Es schneit in ganz Hamburg. Außerdem wird es bald dunkel.«

Mutter lässt nicht locker. »Du hättest einen schönen Schneemann bauen können. Kinder sollten einen Garten zum Spielen haben.«

Kinder?

Wütend stehe ich auf und stapfe in mein Zimmer. Dort lasse ich mich aufs Bett fallen, verschränke die Arme und schmolle. Zur Strafe dafür, dass ich als Kind beschimpft wurde und den Krimi nicht bis zu Ende sehen durfte, werde ich heute nicht mit meinen Eltern zu Abend essen, basta! Sollen sich die beiden doch gegenseitig anöden! Benedikt Bachmann wird sie nicht mit seiner Anwesenheit beehren.

»Benedikt!«, ruft meine Mutter kurz darauf. »Benedikt!«

Ich reagiere nicht.
Zwei Minuten später stapft sie ins Zimmer.
»Moment mal!«, beschwere ich mich und springe auf. »Wieso klopfst du nicht an? Ich hätte nackt sein können!«
Mutter grinst bloß. »Ich hab dich schon öfter nackt gesehen, weißt du?«
»Echt? Wann denn zum Beispiel?«
»Bei deiner Geburt.«
»Was kann ich denn dafür, dass in deinem Bauch keine Klamotten für mich rumlagen?«
»Jetzt komm endlich!«, drängt sie. »Ich hab dich schon zehn Mal gerufen.«
»Ich hab keinen Hunger.«
»Auch nicht aufs Telefonieren? Die Baronin ist am Apparat!«, erklärt sie grimmig.
Nein, Mutter ist nicht allzu begeistert von meiner besten Freundin. Woran das wohl liegt? Vielleicht stört es sie, dass die Baronin etwas älter ist als ich. Genau genommen ist sie sogar etwas älter als meine Eltern. Als beide zusammen, meine ich.
Möglicherweise sieht meine Mutter es auch nicht gern, dass die Baronin und ich zusammen Fälle lösen. Vor fast einem Jahr haben wir uns kennen ge-

lernt. Wir beide haben damals eigentlich nichts anderes getan als unsere Pflicht als gute Staatsbürger. Ein Raser hatte einen anderen Wagen gerammt und sich nicht die Mühe gemacht, stehen zu bleiben. Also halfen die Baronin und ich seinem guten Willen etwas nach und verrieten der Polizei seine Autonummer.

Und die unterstützen wir seitdem mit unserer Arbeit. Ja, wirklich, wir beide sind schon echte Profis! Ständig gibt es neue Fälle zu lösen – und zu lesen. Denn die Baronin und ich sind auch begeisterte Krimifans.

Wer weiß? Vielleicht schreibt sogar mal jemand ein Buch über unsere Fälle …

»Hallo?«, melde ich mich am Telefon.

»Benedikt?«, fragt die Baronin.

»Nein, hier ist der Weihnachtsmann!«

»Endlich hab ich Sie mal an der Strippe, Herr Weihnachtsmann!«, sagt sie. »Warum habe ich letztes Jahr keine Heizdecke bekommen? Die hab ich mir doch so sehr gewünscht!«

»Weil Sie nicht brav waren«, gehe ich auf den Scherz ein. »Soweit ich weiß, haben Sie Ihrem Detektivkollegen auch nicht das Luftdruckgewehr geschenkt, das er gerne haben wollte.«

»Weil mich seine Eltern zum Dank damit erschossen hätten«, gibt sie zurück. »Siehst du dir auch gerade den Krimi mit dem fetten Killer an?«

»Schön wär's«, brumme ich. »Meine Mutter erlaubt es mir nicht. Hat der Kerl auf den Jungen geschossen?«

»Ja, aber absichtlich daneben«, erfahre ich. »Die anderen Ganoven sollten nur denken, dass er ihn erschossen hat.«

»Hab ich mir schon gedacht«, schwindle ich. »Und was ist mit dem Jungen passiert? Ist er in den Wald geflüchtet?«

»Ja. Und dort wurde er dann erschossen.«

»Also hat ihn der Killer doch erwischt?«

»Nein, sondern ein kurzsichtiger Jäger«, scherzt die Baronin. »Der hat ihn mit einem Kaninchen verwechselt. Aber jetzt reden wir nicht mehr über Fernsehkrimis, sondern über einen neuen Fall.«

»Aus welchem Buch?«

»Aus gar keinem Buch«, antwortet die Baronin. »Es geht um Herrn Hoffmann.«

Ich grinse.

»Grins nicht!«, weist mich die Baronin zurecht.

»Woher wollen Sie denn wissen, dass ich grinse?«, frage ich sie verblüfft.

»Tust du es etwa nicht?«

»Doch«, grinse ich.

Herr Hoffmann wohnt im selben Altersheim wie die Baronin. Seitdem ich sie kenne, macht ihr der Kerl jetzt schon den Hof. Und genauso lange will sie nichts von ihm wissen.

»Er behauptet, jemand hätte seine Briefmarkensammlung gestohlen und verlange jetzt Lösegeld von ihm. Sonst verbrennt der Gauner jeden Tag eine Marke.« Sie lacht. »Wir haben also noch zweitausend Tage Zeit, die Sammlung wiederzufinden, ehe die letzte Marke vernichtet ist.«

Ich gähne. Der Fall klingt alles andere als interessant.

»Ich komme morgen bei Ihnen vorbei«, verspreche ich trotzdem.

»In Ordnung«, sagt die Baronin. »Bis morgen!«

»Ciao!«

Meine Mutter kommt aus der Küche.

»Willst du wirklich nichts essen?«, fragt sie mich.

»Nein!«, knurre ich, doch mein Magen knurrt noch lauter. »Na schön!«, sage ich lachend. »Ein kleiner Happen könnte vielleicht doch nicht schaden.«

Mein Vater sitzt schon am Tisch und liest Zeitung.
»Die Preise für Farmen in Andalusien sind wieder gesunken«, verkündet er.
Manchmal frage ich mich, ob er die Artikel auswendig lernen will. Morgens liest er Zeitung. Zwischen den Taxifahrten liest er Zeitung. Und vor dem Abendessen liest er ebenfalls Zeitung. So viel kann doch an einem einzigen Tag gar nicht passiert sein, oder?
»Für uns sind die Preise sicher trotzdem noch zu hoch«, vermutet meine Mutter.
Der Traum meiner Eltern ist eine eigene Orangenplantage in Andalusien. Bis sie sich diesen Traum erfüllen können, werden sich Mutters Kindergartenkinder aber vermutlich schon von meinem Vater zur Arbeit fahren lassen.
Während ich mir Nudeln auf den Teller schaufle, erzählt meine Mutter irgendeine langweilige Geschichte von ihrer Kollegin. Doch plötzlich horche ich auf.
»Warum sollten wir uns keinen Schrebergarten leisten?«, fragt meine Mutter. »Wir brauchen noch so viel Geld für die Plantage, dass es darauf auch nicht mehr ankommt.«
»Das Geld ist für die Farm bestimmt!«, sagt mein

Vater. »Und überhaupt – wer mietet denn im Winter einen Garten?«

»Eva möchte ihn aber unbedingt jetzt vermieten«, erklärt meine Mutter.

»Willst du etwa einen Garten?«, wendet sich mein Vater an mich.

Für wie dämlich hält er mich eigentlich? Meine Antwort besteht natürlich aus Schweigen. Wenn man sich in einen Streit zwischen seinen Eltern einmischt, ist man am Ende immer der Dumme. Einer der beiden ist dann auf jeden Fall sauer.

Also zucke ich nur die Schultern und verschlinge, so schnell ich kann, meine Nudeln.

Als ich aufstehe, um in mein Zimmer zu gehen, diskutieren meine Eltern immer noch. Schade, dass ich keine Geschwister habe. Dann könnte ich jetzt mit ihnen wetten, wer gewinnt.

Diesmal tippe ich auf meinen Vater. Wer will schon einen Garten, zu dem er mit dem Auto hinfahren muss? Also ich bestimmt nicht. Zumindest nicht, solange ich noch kein eigenes Auto habe.

Ehe ich verschwinde, muss ich noch schnell eine Frage loswerden. Ich zupfe Vater am Ärmel. »Darf ich mal kurz unterbrechen?«

Er nickt.

»Wie viel ist denn eine Briefmarkensammlung mit zweitausend Marken wert?«

»Warum fragst du deinen Vater und nicht mich?«, fragt meine Mutter spitz. »Denkst du etwa, er wüsste mehr als ich?«

Mist! Langsam müsste ich doch gelernt haben, solche Fehler zu vermeiden!

»Wie viel ist sie denn nun wert?«, frage ich meine Mutter.

Sie zuckt die Schultern. »Keine Ahnung.«

Vater versucht ein Schmunzeln zu unterdrücken.

»Verstehe!«, faucht sie ihn an. »Du bist hier der große Briefmarkenfachmann, was? Dabei weißt du gerade mal, auf welcher Seite man sie ablecken muss.«

»Aber du kennst dich natürlich fabelhaft mit Briefmarken aus!«, zischt Vater zurück. »Wahrscheinlich klebst du sogar welche auf deine E-Mails!«

So geht das eine Weile hin und her. Über Briefmarken erfahre ich leider nichts. Dafür lerne ich mal wieder etwas, was ich eigentlich schon wusste: Stelle deinen Eltern niemals eine Frage, wenn du eine schnelle Antwort haben willst!

Kapitel 2

»Entführte Briefmarken?« Murat reißt den Mund auf. Und zwar zu einem herzhaften Gähnen. »Klingt verdammt spannend!«, witzelt er. »Seit gestern vermisse ich übrigens eine Socke. Glaubst du, die ist auch gekidnappt worden?«

Warum erzähle ich ihm überhaupt noch was von unseren Fällen? Murats Reaktionen sind immer die gleichen: Wenn ein Fall spannend ist, glaubt mir mein bester Freund kein Wort. Und wenn er nicht so spannend ist, findet er ihn gleich todlangweilig.

»Lass uns lieber Judo üben«, schlägt Murat vor.

»Üben?«, wiederhole ich verblüfft. »Ich habe keine Lust, wieder eine halbe Stunde auf dem Boden zu liegen und mich von dir festhalten zu lassen.«

»Dann sorg dafür, dass du nicht auf den Boden fällst«, rät mir Murat.

»Vielleicht sollte ich lieber mit jemandem in mei-

ner Größe üben«, überlege ich und schaue zu Murat auf, der einen Kopf größer ist als ich.
Er nickt. »Versuch's mal mit deiner Schildkröte.«
Als meine Eltern mir Emily zum Geburtstag gekauft haben, haben sie eigentlich Murat beschenkt. In jedem zweiten seiner blöden Witze geht es um sie.
Du bist so langsam wie dein Haustier, Benedikt! Oder: *Du bist fast so unterhaltsam wie Emily!* Und mein liebster Spruch, wenn ich mal ungeschickt war und etwas umgestoßen habe: *Hoffentlich hat deine erste Freundin auch einen Panzer, damit du sie nicht aus Versehen k. o. schlagen kannst.*
Tja, Murat ist eben echt witzig. Findet Murat. O nein, meine erste Freundin wird ganz bestimmt keinen Panzer haben. Ich weiß nämlich schon ganz genau, wie sie aussehen wird: wie Bianca Klinger.
Seit der Grundschule versuche ich schon mit allen möglichen Mitteln sie zu meiner Freundin zu machen. Nur eines habe ich noch nie versucht: sie danach zu fragen.
Heute treffe ich mich allerdings nicht mit ihr, sondern mit meiner anderen Freundin. Die Baronin will den Fall Hoffmann unter die Lupe nehmen. Dafür braucht sie natürlich ihre Spürnase – mich!

Deshalb trenne ich mich an der Kreuzung von Murat und überhöre seine blöden Witze über Altersheime.
»Na endlich!«, begrüßt mich die Baronin, als sie mir zehn Minuten später die Tür aufmacht. »Ich wollte schon allein losgehen. Wie lange brauchst du denn für den Schulweg? Sogar ich würde ihn in der halben Zeit schaffen.«
Damit hat die Baronin vermutlich sogar Recht. Für eine alte Dame ist sie verdammt gut zu Fuß.
»Also, auf zu Herrn Hoffmann!«, verkündet sie und kommt zu mir hinaus auf den Gang.
Ich folge ihr bis ans andere Ende. Herr Hoffmann schielt erst durch einen Spalt, ehe er die Tür ganz aufmacht.
»Was ist los, Herr Hoffmann?«, schimpft die Baronin. »Halten Sie uns für Einbrecher? Die klopfen für gewöhnlich nicht vorher an, oder?«
Er lacht verlegen und lässt uns rein. Erstaunt stellen wir fest, dass wir es offenbar mit zwei Verbrechen zu tun haben: Herr Hoffmann muss eine Bäckerei überfallen haben. Auf dem Wohnzimmertisch steht eine Kanne Tee zwischen drei gigantischen Tellern voller Gebäck, Kuchen und Leckereien.

»Erwarten Sie noch jemanden?«, frage ich ihn verwundert.
Er wird rot und stottert nur verlegen: »Nein, nein, das ist alles für uns.«
»Super!«, rufe ich aus, nehme die Schultasche vom Rücken und lasse sie auf den Teppich fallen.
Herr Hoffmann bittet uns Platz zu nehmen und wird unter meinen und den Blicken der Baronin erneut verlegen. Wie zwei nervöse Vögel flattern seine buschigen Augenbrauen über den Brillenrändern. Seine Hände wissen nicht, was sie zuerst tun sollen. Nachdem die Baronin und ich uns aufs Sofa gesetzt haben, schenkt er uns Tee ein.
»Also, Herr Hoffmann«, sagt die Baronin. »Erzählen Sie uns genau, was passiert ist.«
Er kratzt sich am Kopf und zerstrubbelt dabei seine spärlichen, sorgsam nach hinten gelegten Haare. Kaum zu glauben, dass er im gleichen Alter ist wie die Baronin. Verglichen mit ihm kommt sie mir wie ein junges Mädchen vor.
»Ja – äh – meine Briefmarkensammlung ist weg«, fängt er an.
»Wurde eingebrochen?«, frage ich mit vollem Mund und spucke unabsichtlich Kekskrümel auf den Tisch.
Herr Hoffmann schüttelt den Kopf.

»Wie sind die Diebe denn dann reingekommen?«, fragt die Baronin.
»Na ja – äh – durch die Tür vermutlich«, gibt Herr Hoffmann zu.
»Also doch ein Einbruch!«, stelle ich fest.
»Nein. Die Tür war ja nicht abgeschlossen. Glaube ich zumindest«, fügt er hinzu. »Ist das ein Einbruch, wenn man durch eine offene Tür spaziert?«
Die Baronin und ich stoßen gleichzeitig einen Seufzer aus. Für echte Profis wie uns ist es schwer, zu glauben, wie leicht es Verbrechern manchmal gemacht wird.
»Fehlt denn sonst nichts?«, erkundigt sich die Baronin.
»Nur die Briefmarkensammlung«, sagt Herr Hoffmann. »Aber das ist auch das Wertvollste, was ich besitze.«
Als ich mich in der Wohnung umsehe, glaube ich ihm aufs Wort. Ein paar Ölgemälde hängen an den Wänden. Die Möbel sehen zwar alt, aber nicht wertvoll aus und die Teppiche glaube ich aus den Ikea-Katalogen zu kennen. Nichts hier drin scheint sehr teuer gewesen zu sein.
»Wann kam denn der Erpresserbrief?«, fragt die Baronin.

»Gestern«, antwortet Herr Hoffmann zum ersten Mal wie aus der Pistole geschossen.
»Können wir ihn sehen?«, frage ich.
Er steht auf und nimmt ein Blatt von seinem Schreibtisch. Wie einen Schatz trägt er es ganz vorsichtig zu uns und überreicht es der Baronin.
Auf die weiße Seite hat jemand mit viel Mühe bunte Buchstaben aufgeklebt, die offenbar aus Magazinen ausgeschnitten worden sind.

HERR HOFFMANN!
ICH HABE IHRE BRIEFMARKEN!
WENN SIE SIE LEBEND WIEDERHABEN
WOLLEN,
BEZAHLEN SIE!
ICH VERBRENNE JEDEN TAG EINE MARKE,
WENN SIE NICHT TUN, WAS ICH SAGE!
MIT FREUNDLICHEN GRÜSSEN,
DER ERPRESSER

Die Baronin und ich sehen uns an und fangen an zu lachen. Verwirrt schaut Herr Hoffmann von der Baronin zu mir und wieder zurück.
»Was ist denn so komisch an dem Brief?«, will er wissen.

»Meine Güte!«, kichert die Baronin. »Ist das ein blöder Erpresser!«
»Warum denn?«
»Erstens steht hier nicht, wie viel Geld er überhaupt haben will«, erkläre ich. »Zweitens hat er vergessen Ihnen zu sagen, wo Sie das Geld hinbringen sollen. Drittens: Ab wann will er anfangen die Briefmarken zu verbrennen?«
»Das hätte da auch alles stehen müssen?«, fragt Herr Hoffmann.
Die Baronin nickt.
»Vielleicht war es ihm zu anstrengend, noch mehr Buchstaben auszuschneiden und aufzukleben«, vermutet Herr Hoffmann. »Noch ein Stück Kuchen, Frau Baronin?«
»Ja, bitte, her damit!«, antworte ich an ihrer Stelle und lade mir mein drittes Stück auf den Teller.
»Wo sollen wir denn jetzt anfangen?«, frage ich, ehe ich mir einen Bissen in den Mund schiebe.
»Ist das Schreiben per Post gekommen?«, fragt die Baronin Herrn Hoffmann.
»Ja.«
Die Baronin nimmt das saubere Blatt in die Hand. »Warum ist es denn dann nicht geknickt?«

»Es war in einem großen Umschlag«, entgegnet Herr Hoffmann.

»Und wo ist dieser Umschlag?«

Er starrt sie mit großen Augen an. »Den habe ich weggeworfen. War der denn so wichtig?«

Sie verdreht die Augen. »Natürlich war der wichtig. Wie war die Adresse geschrieben? Mit Schreibmaschine oder mit der Hand? Wo ist die Briefmarke abgestempelt worden? Hier in Hamburg oder in einer anderen Stadt?«

»Das weiß ich!«, jubelt Herr Hoffmann so glücklich, als wäre er in einer Quizshow. »Die Adresse war gedruckt und die Briefmarke wurde in Hamburg abgestempelt. Aber die hatte ich schon, also hab ich sie nicht gesammelt.« Plötzlich macht er ein trauriges Gesicht. »Aber ich hab ja auch gar keine Sammlung mehr.«

Wir schweigen einen Augenblick.

»Wer kommt denn als Verdächtiger in Frage?«, erkundige ich mich dann.

Herr Hoffmann lehnt sich zurück und runzelt die Brauen. »Da ist einmal der Herr Benzl, der ist sehr verdächtig. Wir hatten oft Streit. Zuletzt hat er mich beschuldigt, ich hätte ihm seine Stiefel gestohlen.«

»Aha, und wann war das?«
»Während meiner Zeit in Berlin«, sagt er. »Ich war damals ein junger, schnittiger –«
»Als Sie jung waren?«, unterbricht ihn die Baronin ungläubig. »Und jetzt lebt dieser Benzl hier in Hamburg?«
»Ich weiß nicht, ob er überhaupt noch lebt«, gibt Herr Hoffmann zu. »Ich habe ihn seit fünfundvierzig Jahren nicht mehr gesehen.«
Wir werfen uns viel sagende Blicke zu.
»Ich glaube, wir sollten uns lieber auf Leute konzentrieren, die Sie heute kennen und die hier in der Nähe wohnen«, sagt die Baronin. »Gibt es da jemanden, der Sie nicht leiden kann und der weiß, wie viel Ihnen Ihre Briefmarken bedeuten?«
»Natürlich! Die wohnen sogar alle hier im Heim«, sagt er ganz begeistert. »Da ist einmal Herr Zorenhofer von Nummer 5. Der hasst mich, weil ich ihn immer beim Pokern besiege.«
»Spielen Sie um Geld?«, frage ich.
»Nein, um Bierdeckel.«
»Kein sehr starkes Motiv«, stellt die Baronin fest.
»Dann ist da noch Frau Kellner, die neben Ihnen wohnt.« Er zögert. »Na ja, sie ist verknallt in mich und sauer, weil ich nichts von ihr wissen will.«

Die Baronin gibt einen seltsamen Laut von sich. Offenbar kauft sie Herrn Hoffmann das nicht so recht ab.

»Frau Gerstenberger von Nummer 28 mag mich nicht, weil ich sie nicht mag«, fährt Herr Hoffmann fort. »Sie hat mich mal schwer beleidigt.«

»Wie denn?«

»Indem sie mich auf der Straße nicht gegrüßt hat, obwohl ich meinen Hut vor ihr gezogen habe.« Er sieht mich an. »Das macht man immer, wenn man Damen begegnet.«

»Und wenn man zufällig einen Hut auf dem Kopf trägt«, ergänze ich seine Bemerkung.

»Und Herr Belinger von Zimmer 19 hasst mich aus tiefstem Herzen, weil ich ihn angezeigt habe. Wenn er mir auf dem Gang begegnet, beschimpft er mich in unerhörter Weise.«

»Wieso haben Sie ihn angezeigt?«, will ich wissen.

»Er hatte seinen Fernseher nicht angemeldet«, sagt Herr Hoffmann. »So was gehört sich doch nicht, oder?«

»Petzen gehört sich erst recht nicht«, murmelt mir die Baronin ins Ohr. Dann wendet sie sich wieder Herrn Hoffmann zu. »Gibt's noch mehr Leute, die Sie nicht leiden können?«

Herr Hoffmann lächelt. »Außer Ihnen kann ich eigentlich niemanden leiden, verehrte Frau Baronin.«
»Lassen Sie das Gesülze!«, brummt sie unwirsch. »Außerdem meinte ich die Frage umgekehrt. Ich wollte wissen, wer Sie nicht leiden kann.«
Er denkt kurz nach. »Nein, im Moment fällt mir niemand mehr ein. Aber das kann ja auch an meinem Gedächtnis liegen. Schließlich sind wir nicht mehr die Jüngsten, nicht wahr? Da funktioniert nicht mehr alles so gut in unserem Oberstübchen.«
»In meinem schon«, widerspricht die Baronin. »Und darum werde ich den Briefmarkendieb auch schnappen – zusammen mit meinem hungrigen Kollegen, der anscheinend seit einer Woche nichts gefuttert hat.«
»Wieso?«, frage ich mit vollem Mund und sorge dabei erneut für heftigen Krümelregen.
»Haben Sie denn schon einen Plan?«, fragt Herr Hoffmann.
Die Baronin nickt. »Wir besuchen alle Leute, die Sie eben aufgezählt haben. Und wenn sich einer verdächtig benimmt, dann fühlen wir ihm genauer auf den Zahn. Obwohl er wahrscheinlich keinen eigenen mehr im Mund haben wird«, fügt sie lachend hinzu.

»Wann sehen wir uns morgen?«, erkundigt sich Herr Hoffmann unternehmungslustig.

»Morgen?« Die Baronin runzelt die Stirn. »So schnell geht das nicht. Sie müssen uns schon etwas Zeit lassen.«

»Natürlich, kein Problem. Aber ich dachte, dass wir uns von nun an öfter treffen müssten, um uns weiter über die Briefmarken zu unterhalten und über – äh – über neue Entwicklungen und – äh –« Er breitet die Arme aus. »Ich hab jedenfalls immer Zcit für Sie, wenn Sie mit mir reden wollen.«

»Sehr schön!«, sagt die Baronin und steht auf. »Komm, Benedikt! Hier gibt es nichts mehr zu besprechen.«

»Aber zu mampfen!« Mit gierigen Augen starre ich auf all die Leckereien, die noch vor mir auf dem Tisch liegen. »Können wir noch ein bisschen hier bleiben?«

»Wie lange denn?«

»Bis ich alles verputzt habe!«

Herr Hoffmann schmunzelt, doch die Baronin wirft mir einen ungeduldigen Blick zu. Widerwillig erhebe ich mich und greife nach meiner Schultasche.

»Kann ich Sie heute Abend anrufen?«, fragt Herr Hoffmann auf dem Weg zur Tür.

»Bin nicht zu Hause«, antwortet die Baronin frostig.

»Und am Handy?«

»Das benutze ich nicht mehr«, behauptet sie. »Ich habe gelesen, dass davon schädliche Strahlen ausgehen.«

»Ach so«, meint Herr Hoffmann niedergeschlagen. »Nun ja, dann sehen wir uns hoffentlich morgen wieder, um über den Fall zu sprechen.«

»Vielleicht.«

Wir bedanken uns höflich für den Tee, verabschieden uns und verlassen die Wohnung.

Draußen auf dem Flur frage ich prompt meine Kollegin: »Schenken Sie mir Ihr Handy?«

»Wieso?«

»Sie benutzen es doch nicht mehr«, erkläre ich grinsend. »Weil die Strahlen so schädlich sind.«

Die Baronin mustert mich mit grimmiger Miene und faucht: »Weißt du, wann Handys noch gefährlicher sein können, du Schlauberger?«

»Nein. Wann denn?«

»Wenn man sie von einer alten Dame auf den Kopf gehämmert bekommt!«

Kapitel 3

Als Erstes will die Baronin ihre Nachbarin aufsuchen: Frau Kellner, die angeblich in Herrn Hoffmann verknallt ist.
Ich bin nicht besonders heiß darauf, die Dame kennen zu lernen. Immer wenn ich an ihrer Tür vorbeigehe, riecht es nach Räucherstäbchen und Kräutern. Vielleicht ist die Frau eine Hexe? Jedenfalls mache ich automatisch schnellere Schritte, wenn ich an ihrer Tür vorbeigehe. Davon ahnt die Baronin natürlich nichts. Ich hasse es, von ihr ausgelacht zu werden!
Also begleite ich sie widerstrebend. Als sie an die Tür klopft, achte ich darauf, hinter ihr zu stehen. Man kann ja nie wissen ...
Die Tür öffnet sich nur einen Spaltbreit.
»Guten Tag, Frau Kellner!«, sagt die Baronin. »Hier ist Ihre Nachbarin, Baronin von Stöver.«
»Und weiter?«

Die Baronin dreht sich nach mir um und runzelt die Brauen. Ich zucke die Schultern. Normalerweise ist ihr Adelstitel der beste Türöffner.
»Können wir Sie bitte einen Augenblick sprechen?«
»Wieso wir?«, fragt eine brüchige Frauenstimme hinter der Tür zurück.
»Mein Enkel ist bei mir«, lügt die Baronin und tritt zur Seite, um mich zur Besichtigung freizugeben. Es ist ihr wohl zu kompliziert, zu erklären, dass wir Detektive sind und ich ihr Partner bin.
Wir hören das Geräusch der Türkette und zwei Schlüssel, die nacheinander umgedreht werden. Erst dann stehen wir der Dame gegenüber.
O Gott! Vor Schreck hätte ich fast einen Schrei ausgestoßen. Frau Kellner trägt bunte, bodenlange Stofffetzen. Ihre langen, grauen Haare reichen ihr fast bis zu den Knöcheln, und ihre gebogene Nase verdeckt die Hälfte des verkniffenen Mundes.
»Was wollen Sie denn von mir?«, krächzt sie.
Die Baronin tritt einen Schritt zurück. Aus der düsteren Wohnung treiben uns seltsame Gerüche entgegen. Kerzenwachs, Kräuter, Räucherstäbchen und Mottenkugeln. Eine Katze miaut.
»Es geht um Herrn Hoffmann«, sagt die Baronin.

»Wen?«
»Den Herrn am Ende des Ganges.«
»Kenne ich nicht«, erklärt die Frau entschieden.
»Dann brauche ich Sie wohl nicht zu fragen, ob Sie unglücklich in ihn verliebt sind.«
Erst lächelt Frau Kellner, dann macht sie ein geheimnisvolles Gesicht und flüstert: »Gegen unglückliche Liebe gibt es Mittel, verstehen Sie?«
»Nein«, sage ich, worauf Frau Kellner erklärt: »Gegen alles gibt es Mittel.«
»Aha«, macht die Baronin. »Sehr interessant. Dann wollen wir Sie nicht länger stören.«
Mittel? Ach du Schande! Ich hatte also Recht – die Alte ist eine Hexe. Und irgendwo in ihrer gruseligen Wohnung braut sie vielleicht gerade einen Liebestrank, um irgendeinen Schauspieler einzufangen.
Aber Moment mal! Liebestrank? Wäre das nicht genau das richtige Weihnachtsgeschenk für Bianca? Vielleicht gemischt mit etwas Cola?
»Kommen Sie wieder«, fordert uns Frau Kellner auf. »Vielleicht kann ich Ihnen ja ein andermal bei einem Ihrer Fälle behilflich sein.«
Womit denn? Mit ihrer Kristallkugel? Und woher weiß sie von unseren Fällen? Weder die Baronin

noch ich haben der Hexe verraten, dass wir Detektive sind. Kann sie etwa hellsehen? Oder hat sie ein Loch in die Wand zwischen ihrer Wohnung und der von der Baronin gebohrt?

»Danke«, sagt die Baronin unbestimmt. »Auf Wiedersehen!«

Die Frau lacht. »Das werden wir, glauben Sie mir, das werden wir!«

Mir läuft ein Schauer über den Rücken. Hoffentlich sind wir niemals auf die Hilfe der Hexe angewiesen!

»Und jetzt?«, frage ich, während wir den Gang entlanggehen.

»Jetzt gehen wir hinauf zu Nummer 28«, sagt die Baronin. »Zu Frau Gerstenberger. Keine Angst, die ist ganz harmlos.«

»Ich hatte eben keine Angst!«, behaupte ich.

Für diese Bemerkung hat die Baronin nur ein Schmunzeln übrig. Vielleicht weil meine Knie immer noch zittern? Oder verrät mich mein Zähneklappern?

Im Treppenhaus kriege ich fast einen Herzinfarkt, als das Handy der Baronin losklingelt. Sie nimmt es aus der Handtasche, wirft einen Blick darauf und steckt es wieder weg.

»Es klingelt noch«, bemerke ich.
»Das ist Herr Hoffmann«, knurrt die Baronin. »Er will bestimmt wissen, wie weit wir sind.«
»Denken Sie, dass er bei seinen anderen Verdächtigen auch gelogen hat?«, frage ich sie.
Die Baronin zuckt die Schultern. »Wahrscheinlich bildet er sich tatsächlich ein, dass die Hexe in ihn verknallt ist. Männer sind seltsam. Und alte Männer sind noch seltsamer als junge Männer.«
Kurz darauf klopft sie an die Tür von Nummer 28.
Frau Gerstenberger öffnet die Tür. Sie trägt einen schwarzen Rock und eine weiße Seidenbluse.
»Was kann ich für Sie tun?«, fragt sie.
Ich bemerke, dass sie rote Augen hat und sehr blass ist. Sie sieht traurig aus. Und irgendwie sympathisch. Oder kommt sie mir nur sympathisch vor, weil sie traurig ist?
»Können wir Sie einen Augenblick sprechen?«, fragt die Baronin höflich.
Die Frau nickt. »Aber machen Sie bitte schnell. Ich erwarte jede Minute einen wichtigen Anruf.«
»Es geht um Herrn Hoffmann«, sage ich.
»Wen?«
Die Baronin und ich wechseln einen viel sagenden Blick.

»Den Herrn eine Etage unter Ihnen. Er wohnt am Ende des Ganges«, erläutert die Baronin.
»Ach, den! Ja, den habe ich schon ein paar Mal gesehen«, erinnert sich die Frau. »Ist er tot?«
»Aber nein!«, sagt die Baronin. »Er ist nicht gestorben, sondern nur bestohlen worden.«
»Es wurde eingebrochen? Hier im Heim?«
Die Baronin schüttelt den Kopf. »Nein, Herr Hoffmann hatte die Tür nicht abgesperrt.«
»So ein Dummkopf!«, stellt Frau Gerstenberger fest.
Kein Zweifel: Sie ist wirklich sympathisch.
»Dürfen wir vielleicht einen Moment reinkommen?«, fragt die Baronin. »Das ist Benedikt Bachmann, ein Freund von mir. Und ein Kollege.«
Zögernd tritt die Frau zurück und lässt uns ein.
»Wissen Sie vielleicht von Herrn Hoffmanns Hobby?«, erkundigt sich die Baronin, nachdem sie in einem Stuhl Platz genommen hat.
»Sie meinen, dass er jeden anzeigt, der seinen Fernseher nicht angemeldet hat?«, fragt Frau Gerstenberger.
»Nein, ich meine seine Briefmarkensammlung.«
Die Frau schüttelt den Kopf. »Wieso sollte ich davon wissen?«

»Nun, eben diese Briefmarkensammlung ist Herrn Hoffmann gestohlen worden«, erklärt die Baronin. »Und wir suchen jetzt sozusagen den Dieb.«

Frau Gerstenberger verdreht die Augen. »Da kann ich Ihnen nicht weiterhelfen«, sagt sie. »Ich muss Sie bitten zu gehen. Ich erwarte nämlich noch einen Anruf. Ich habe im Augenblick wirklich ernstere Sorgen als ein paar gestohlene Briefmarken!«

Sorgen? Ernste Sorgen sogar? Ist das nicht ein Fall für zwei echte Profis?

Die Baronin ist ebenfalls hellhörig geworden und schlägt Frau Gerstenberger vor: »Vielleicht können wir Ihnen ja helfen.«

Aber die alte Dame will nichts davon wissen. »Das können Sie bestimmt nicht. Außerdem sollte ich wohl besser mit niemandem darüber reden.«

Ich sehe mich in der Wohnung um. Frau Gerstenberger hat das Telefon auf den Wohnzimmertisch gestellt. Daneben liegen zerknüllte Taschentücher und ein Foto von einem etwa sechzehnjährigen Jungen.

»Hat es etwas mit Ihrem Enkel zu tun?«, frage ich ins Blaue.

Sie zuckt zusammen und starrt mich an. »Woher weißt du das?«, fragt sie überrascht.

Auch die Baronin sieht mich beeindruckt an.

Ehrlich gesagt habe ich nur so ins Blaue hinein geraten. Aber das behalte ich lieber für mich und antworte lässig: »Ach, ich hab nur eins und eins zusammengezählt. Eine ältere Dame plus ein Junge und dessen Foto in der Wohnung der Dame – gleich Enkel!«

Frau Gerstenberger überlegt einen Moment. »Wenn Sie mir versprechen, dass Sie niemandem etwas verraten –«

»Das ist Ehrensache in unserem Beruf«, versichert ihr die Baronin sofort.

»Beruf?«, wiederholt Frau Gerstenberger fragend.

»Wir sind Detektive«, verrate ich ihr.

Ein Lächeln huscht über ihr Gesicht. »Im Ernst?«

Die Baronin und ich nicken im Duett.

Das Lächeln verschwindet. Plötzlich sieht sie eher so aus, als ob sie gleich in Tränen ausbrechen wollte. »Egal was Sie sind – irgendjemandem muss ich sowieso anvertrauen, was geschehen ist.« Sie atmet tief durch. »Mein Enkel Quentin wurde entführt.«

Ich kann kaum noch stillsitzen. Ein Verbrechen! Ein richtiges, echtes, ernsthaftes Verbrechen!

Die Baronin knabbert nervös auf ihrer Unterlippe

herum. »Wann ist das passiert?«, fragt sie aufgeregt.
Frau Gerstenberger fährt sich mit beiden Händen über die graue Hochsteckfrisur. »Am Dienstag«, sagt sie dann. »Er ist nicht von der Schule nach Hause gekommen. Am selben Tag war ein Brief in der Post. Die Entführer wollen ein Lösegeld, sonst – sonst –«
Sie legt eine Hand über die geschwollenen Augen.
»Wie viel wollen die Entführer denn?«, erkundigt sich die Baronin sanft.
»50000 Euro«, sagt Frau Gerstenberger.
»Und seine Eltern haben das Geld?«, frage ich.
»Natürlich«, erklärt Frau Gerstenberger überrascht. »Sie könnten ihn hundertmal auslösen. Meine Tochter ist Unternehmensberaterin und hat reich geheiratet. Man kann über ihren Mann sagen, was man will, aber Geld hat er.«
»Sie mögen ihn nicht?«, fragt die Baronin.
Frau Gerstenberger zuckt die Schultern. »Als ich hörte, dass Quentin weg ist, dachte ich erst, er wäre abgehauen. Damit rechne ich, seitdem er zwölf ist.«
»Warum denn?«, frage ich. »Schlägt ihn sein Vater?«

Sie schüttelt den Kopf. »Dazu müsste er ihn ja erst einmal bemerken. Quentin wird von den beiden völlig vernachlässigt. Alles ist ihnen wichtiger. Tennisstunden, Friseurtermine, Geschäftspartner. Sie fahren sogar ohne ihn in Urlaub.« Sie überlegt. »Obwohl ihm das wohl kaum was ausmacht. Dann wohnt er nämlich bei mir. Und hier scheint er sich wohl zu fühlen.«
Kann ich mir gut vorstellen. Ich würde mich bei Frau Gerstenberger sicher auch wohl fühlen.
Die Baronin sieht mich scharf an. Aha, jetzt soll ich also weiterfragen.
»Haben Sie denn schon die Polizei informiert?«
Warum schüttelt die Baronin denn den Kopf? Das war doch eine verdammt gute Frage, oder?
»Natürlich nicht!«, sagt Frau Gerstenberger scharf. »Die Entführer verlangen ausdrücklich, dass keine Polizei eingeschaltet wird.«
Jetzt weiß ich, was ich fragen soll.
»Denken Sie, dass wir Quentins Eltern vielleicht ein paar Fragen stellen können?«
Frau Gerstenberger sieht mich nachdenklich an. »Ich weiß nicht, ob das eine gute Idee ist.«
»Geben Sie uns eine Chance«, bittet die Baronin.
Frau Gerstenberger zuckt die Schultern. »Warum

nicht? Gehen Sie nachmittags zwischen drei und vier Uhr hin, da haben sie meistens keine Termine.«
»Gehen sie denn in so einer Situation aus?«, fragt die Baronin verblüfft.
Frau Gerstenberger lacht, aber es klingt nicht sehr lustig. »Sie gehen in jeder Situation aus«, stellt sie fest. »Die beiden bestehen aus Terminen.«
Die Baronin erhebt sich. »Dann wollen wir Sie nicht länger stören.«
Ich folge ihrem Beispiel und stehe ebenfalls auf.
Frau Gerstenberger bringt uns zur Tür. »Wenn Sie helfen könnten, wäre ich Ihnen ewig dankbar«, meint sie. »Mein Enkel bedeutet mir sehr viel, wissen Sie. Ich würde alles versuchen, um ihn wiederzufinden.«
Wir nicken.
Frau Gerstenberger sieht uns mit Verschwörermiene an. »Ich habe sogar schon daran gedacht, Frau Kellner aufzusuchen. Im Heim heißt es, sie wäre eine Hexe. Ich dachte, vielleicht hätte sie eine Kristallkugel oder so.« Sie seufzt und breitet die Arme aus. »Sie sehen, ich bin wirklich verzweifelt.«
»Ich versichere Ihnen, dass Sie bei uns in besseren Händen sind«, sagt die Baronin und drückt Frau Gerstenberger die Hand.

Nachdem sich die Tür leise hinter uns geschlossen hat, sehe ich die Baronin fragend an.

»Kümmern wir uns trotzdem um Herrn Hoffmann?«

Sie sieht mich überrascht an: »Um wen?«

Kapitel 4

Ich finde Gärten nicht besonders aufregend. Ich habe einen Baum vor dem Fenster meines Zimmers. Im Frühling kriegt er Knospen, im Sommer hat er Blätter. Im Herbst werden sie braun und im Winter fallen sie ab. Das ist mir genug Natur.
Darum bin ich auch nicht sonderlich begeistert, neben meiner Mutter die schneebedeckten Wege der Schrebergartensiedlung entlangzustapfen.
Die Schrebergartensiedlung ist riesig! Ich lege den Kopf in den Nacken und beobachte das Flugzeug, das über uns hinwegfliegt. Für die Passagiere darin müssen die Gärten winzige, weiße Fleckchen sein. Wahrscheinlich fliegen sie gerade irgendwohin, wo es warm ist. Ich wünschte, ich wäre auch da oben.
»Ist diese Winterluft nicht herrlich?«, schwärmt meine Mutter und saugt ihre Lungen voll.
Herrlich? Die Luft ist eiskalt, sonst nichts. Das einzig Interessante hier sind die Gartenhäuschen links

und rechts von den schneebedeckten Kieswegen. Einige davon sind luxuriöser als unsere Wohnung. In manchen Gärten entdecke ich kleine Teiche oder sogar Swimmingpools. Aber im Winter ist es hier wie ausgestorben. Abgesehen von ein paar krächzenden schwarzen Vögeln sind wir allein.
»Das muss er sein!«
Meine Mutter deutet auf einen niedrigen grünen Holzzaun mit einem winzigen Gartentürchen.
Ich steige einfach darüber hinweg und marschiere um das kleine Gartenhäuschen herum. Besonders groß ist der Garten nicht. Wenigstens werden wir uns nur selten hier drin verlaufen.
»Wunderschön!«, behauptet meine Mutter, klingt aber nicht halb so begeistert wie noch vor einer Stunde. Da saß sie ja auch im warmen Auto. »Genau so habe ich ihn mir vorgestellt.«
Auch wenn ich kein Detektiv wäre, hätte ich jetzt gemerkt, dass sie lügt. Drei mickrige Bäume stehen am anderen Ende des Grundstücks. Unter einem Schneehaufen kann man ein Gemüsebeet erahnen.
»Hast du den Schlüssel für das Häuschen?«, frage ich meine Mutter.
Sie schüttelt den Kopf. »Daran hab ich gar nicht gedacht.«

Toll! Was soll das denn für eine Besichtigung sein?
»Das Haus ist doch nur Nebensache«, erklärt meine Mutter. »Mir geht es um den Garten.«
Ich weiß ja, warum meine Mutter einen Garten will. Als kleines Mädchen hat sie auf dem Land gewohnt. Dort konnte sie jeden Tag im Wald spielen oder an einem kleinen Bach. Meine Großeltern wohnen immer noch in demselben Haus. Jedes Mal, wenn wir sie besuchen fahren, schenkt mir meine Mutter danach ein paar neue Videospiele. Sie hat ein furchtbar schlechtes Gewissen, dass ihr einziger Sohn in einer Großstadt aufwachsen muss. Wenn sie wüsste, dass ich mich auf dem Land jedes Mal zu Tode langweile ... Aber *wenn* sie das wüsste, würde ich keine Videospiele mehr bekommen, also halte ich den Mund.
»Wer sind *Sie* denn?«, knurrt uns plötzlich eine tiefe Männerstimme an.
Erschrocken fahren wir herum und entdecken unseren Nachbarn, der über den Zaun zu uns rübersieht.
»Guten Tag«, grüßt ihn meine Mutter freundlich. »Ich bin eine Kollegin von Eva Brettschneider. Wir werden vielleicht Ihre neuen Nachbarn.«

Der Mann knurrt irgendwas und zupft an seiner schwarzen Wollmütze herum. »Wird auch Zeit, dass diese Frau Brettschneider verschwindet.«
»Wie bitte?«
»Mit dem Weib gab es nichts als Ärger!«, schimpft der Mann. »Erst stutzt sie meinen Pflaumenbaum zusammen und dann schmeißt sie mir auch noch die faulen Früchte über den Zaun.«
Meine Mutter weiß offenbar nicht, was sie sagen soll. Ich auch nicht.
»Haben Sie Tiere?«, fragt der Mann.
»Wie bitte?«
»Tiere!«, wiederholt er mit finsterer Miene. »Haustiere. Hunde, Katzen oder Meerschweinchen.«
»Mein Sohn hat eine Schildkröte.«
»Na, das geht ja noch«, erwidert der Mann. »Diese Brettschneiders haben einen Köter. Der hat mir zweimal in den Garten gekackt. Riesige Haufen, die zum Himmel gestunken haben! Ich hab den Leuten gesagt, dass sie auf das Vieh aufpassen sollen. Sonst tu ich's!«
Meine Mutter sieht mich viel sagend an. Langsam wird uns beiden klar, warum Frau Brettschneider den Garten loswerden will.
»Sie mögen Tiere wohl nicht besonders?«, frage ich.

»Doch«, sagt der Mann todernst. »Wenn sie gut durchgebraten auf meinem Teller liegen.«
Ich werfe einen Blick über den Zaun in seinen Garten. »Und warum haben Sie dann einen Gartenteich?«
Er zuckt die Schultern. »Fische sind ruhig und vernünftig«, sagt er. »Und stubenrein.« Dann verdüstert sich sein Gesicht. »Aber es werden immer weniger.«
»Warum denn?«, frage ich überrascht. »Essen Sie sie etwa?«
»Sie werden gestohlen«, erzählt mir der Mann mit Verschwörerblick.
Meine Mutter sieht mich kopfschüttelnd an. Offenbar hält sie den Typen für leicht gestört.
»Ich schau mich noch ein wenig um«, verkündet sie und verzieht sich in eine andere Ecke des Gartens.
Ich folge ihr nicht, weil die Sache mit den Fischen meine Spürnase in Gang gesetzt hat.
»Wer stiehlt denn Ihre Fische?«, erkundige ich mich und trete einen Schritt näher an den Zaun heran.
»Gute Frage«, sagt der Mann. »Seit ein paar Tagen fällt mir auf, dass es weniger werden. Und weil sie

nicht von selbst aus dem Teich spazieren können, muss wohl jemand nachgeholfen haben.«

»Wie kann sie denn jemand stehlen?«, frage ich verwundert. »Da ist doch eine dicke Eisschicht über dem Teich.«

Der Mann kratzt sich am Kinn. »Komm mal rüber, Kleiner«, fordert er mich auf.

Ich ignoriere das »Kleiner« und gehe um das Haus herum. Dann steige ich erst über den einen, dann über den anderen Gartenzaun.

Der Mann steht über den Teich gebeugt und winkt mich heran. Ich stelle mich neben ihn.

»Siehst du die Punkte unter dem Eis?«

Ich nicke. Vier goldgelbe Flecken bewegen sich unter der zugefrorenen Oberfläche.

»Es waren ursprünglich sieben«, erklärt er. »Sieben Goldfische. Und jetzt sind es nur noch vier.« Seine Wörter kommen als kleine Dampfwolken aus dem Mund unter dem schwarzen Schnauzer.

»Und wie sind die Fische rausgekommen?«, frage ich und beobachte meine eigenen Dampfwolken.

Er deutet auf den Teichrand. Eine fast handgroße Fläche ist nur mit einer hauchdünnen Eisschicht bedeckt.

»Da mache ich jeden Tag ein Loch rein, damit genug Sauerstoff ins Wasser kommt«, erzählt er. »Meine Fische schwimmen da ab und zu hin, um mal Luft zu schnappen. Ich füttere sie auch hin und wieder durch das Loch. Da muss sie der Dieb rausgefischt haben.«

»Wer sollte denn so was tun?«, frage ich zweifelnd.

»Keine Ahnung«, antwortet er. »Ich muss zum Schlafen nach Hause, weil das Gartenhäuschen keine Heizung hat. Und in dieser Zeit schlägt der Dieb zu.«

»Wann gehen Sie denn nach Hause?«

»Gegen fünf, jeden Tag«, erklärt der Mann. Er sieht mich prüfend an. Dann erscheint zum ersten Mal ein Lächeln auf seinem Gesicht. »Du bist ganz in Ordnung«, stellt er fest. »Wäre schön, wenn ihr den Garten mieten würdet. Dann bring ich dir das Grillen bei.«

Ehrlich gesagt kann ich mir was Schöneres vorstellen. Aber das behalte ich lieber für mich. Außerdem habe ich so eine vage Ahnung, wer hier den Rasen mähen muss, falls wir den Garten mieten.

»Vielleicht könnte ich Ihnen ja helfen den Fischdieb zu finden.«

»Das wäre prima«, sagt er. »Wie heißt du eigentlich? Ich will dich ja nicht immer Kleiner nennen.«
»Benedikt!«, ruft meine Mutter in dem Moment. Sie steht draußen vor dem Gartentor.
»Aha«, sagt der Mann grinsend. »Du bist also der Benedikt. Und ich bin der Tanker.«
»Ich muss jetzt gehen«, erkläre ich. »Auf Wiedersehen, Herr Tanker.«
»Nicht ›Herr‹«, berichtigt er mich. »Nur Tanker. So nennen mich die Leute, weil ich ziemlich viel tanken kann ohne umzufallen.« Er bricht in Gelächter aus.
»Tschüs, Tanker!«, verabschiede ich mich und verschwinde aus seinem Garten.
»Worüber habt ihr denn geredet?«, will meine Mutter sofort wissen.
»Über Fische.«
»Und was hat er dir erzählt? Quält er die armen Tiere etwa, ehe er sie futtert?«
»Ach, das ist doch nur heiße Luft!«, gebe ich zurück. »Was er vorhin über Tiere gesagt hat, war bestimmt nicht so ernst gemeint.«
»Woher willst du das wissen? Der Kerl gefällt mir nicht«, erklärt sie, während wir auf den Ausgang zusteuern. »Vielleicht ist das mit dem Schrebergar-

ten doch keine so gute Idee. Der Winter ist keine Gartensaison.«

Aber eine verdammt gute Detektivsaison, denke ich. Ich habe meinen dritten Fall innerhalb einer Woche. Und leider nicht den Ansatz einer Idee, wie ich die alle lösen soll …

Kapitel 5

Bibbernd hülle ich mich noch fester in meinen Anorak. Ist das schweinekalt heute! In der Schule hätte ich am liebsten meine Handschuhe angelassen. In unserem Klassenzimmer läuft die Heizung nämlich auf Sparflamme.

Beinahe hätte ich sogar meiner Mutter den Gefallen getan und die grüne Pudelmütze aufgesetzt, die Oma mir gestrickt hat. Aber dann hätte ich mich nirgendwo mehr hingetraut, so lächerlich sehe ich damit aus.

Die Baronin erwartet mich wie verabredet an der Haltestelle. Sie hat auch keine Mütze auf. Schließlich hat sie keinen Eierschädel, hat sie mir mal erklärt, also braucht sie auch keinen Eierwärmer auf dem Kopf.

»Du kommst spät«, sagt sie und klappert dabei mit den Zähnen.

Ich schiebe meinen Handschuh zurück und werfe einen Blick auf die Uhr.

»Zwei Minuten«, maule ich. »Das ist doch nicht zu spät.«
»Manchmal entscheiden Sekunden über Leben und Tod«, lässt mich die Baronin wissen und marschiert mit großen Schritten los.
Ich folge ihr und bewege dabei die Zehen in meinen Stiefeln, damit sie nicht absterben.
»Haben Sie denn bei den Gehrkes angerufen?«, erkundige ich mich.
»Natürlich«, antwortet die Baronin. »Aber sie waren schon informiert. Frau Gerstenberger hatte ihre Tochter bereits angerufen.«
Ich reibe meine Hände aneinander und stelle mir vor, wie die Familie des verschwundenen Jungen uns wohl empfangen wird. Wahrscheinlich haben sie den ganzen Tag geheult. Das hätten meine Eltern jedenfalls gemacht. Und mein Papa wäre den ganzen Tag mit dem Taxi herumgefahren, um mich zu suchen. Er hätte garantiert auch allen seinen Kollegen Bescheid gesagt. Dann hätte jeder Hamburger Taxifahrer Ausschau nach mir gehalten.
»Geh mal ein bisschen schneller, Benedikt«, drängt die Baronin. »Bei deinem Schneckentempo frieren mir noch die Sohlen auf dem Bürgersteig fest.«

»Welche Hausnummer ist es denn eigentlich?«, frage ich schnell, damit sie ihr Gemecker beendet.
»134«, brummt die Baronin.
»Dann sind wir eben daran vorbeigelaufen.«
Sofort bleibt sie stehen und blickt auf eine Hausnummer. Dann dreht sie um, stapft an mir vorbei und klingelt am dritten Haus auf der linken Seite.
Ich habe mir das Zuhause der Gehrkes ganz anders vorgestellt, irgendwie luxuriöser. Aber wir stehen vor einem einfachen Reihenhaus, das von außen nicht viel besser aussieht als unser Wohnhaus. Ist mir auch lieber. Ich habe es satt, bei unseren Ermittlungen immer wieder Häuser zu sehen, die tausendmal schöner sind als das, in dem ich mit meinen Eltern lebe.
»Hallo?«, ruft uns eine Frau von der Tür her zu.
»Baronin von Stöver«, ruft die Baronin.
Das Gartentor summt und wir drücken es auf.
Nein, die Dame, die uns dann begrüßt, sieht nicht halb so verheult aus wie Frau Gerstenberger. Sie scheint sich gut unter Kontrolle zu haben.
»Sie sind also echte Detektive«, meint Frau Gehrke und gibt sich dabei kaum Mühe, sich ihre Zweifel nicht anmerken zu lassen.
Die Baronin nickt würdig.

Frau Gehrke seufzt. »Eigentlich wollte ich nur meiner Mutter einen Gefallen tun. Sie haben sich vermutlich umsonst hierher bemüht. Mein Mann und ich haben längst beschlossen, dass wir bezahlen werden.«
»Sehr vernünftig«, meint die Baronin. »Würden Sie uns bitte trotzdem erzählen, was passiert ist?«
Die Dame zuckt die Schultern, nickt dann und führt uns ins Wohnzimmer. Ich habe mich getäuscht: Das Haus ist teuer eingerichtet und denkbar ungemütlich. Es stinkt fast nach Geld.
Ich wundere mich, wie ruhig die Frau ist. Immerhin ist ihr Sohn in den Händen von Entführern.
»Sie müssen meinen Mann entschuldigen«, erklärt Frau Gehrke, nachdem wir uns gesetzt haben. »Er ist völlig durcheinander. In solchen Situationen spielt er immer Klavier.«
Das ist also die Erklärung für das scheußliche Geklimper, das meine Ohren quält.
»Also, es war am Dienstag«, erzählt sie dann. »Das war der 13. November. Quentin fuhr wie jeden Morgen zur Schule. Mein Mann hatte einen Termin im Hotel Hilton und ich fuhr wie gewöhnlich ins Büro. Am Nachmittag hatte ich einen Friseurtermin und Rudolf war bei unserem Masseur.«

Die Baronin rutscht ungeduldig auf ihrem Stuhl herum. Die seltsame Ruhe der Frau scheint sie genauso zu reizen wie mich.
»Ich kam gegen halb sechs nach Hause und mein Mann etwa um sechs. Wir stellten fest, dass Quentin nicht da war. Unsere Haushaltshilfe hatte ihn ebenfalls den ganzen Tag noch nicht gesehen.«
»Haben Sie dann die Polizei angerufen?«, frage ich.
»Nein. Wir hatten noch keinen Grund zur Sorge. Quentin geht oft weg ohne es vorher anzukündigen. Wir dachten, er wäre bei Freunden.«
»Bis?«
»Bis wir die Post durchsahen und den Erpresserbrief fanden.«
»War der Poststempel aus Hamburg?«, frage ich.
Sie schüttelt den Kopf. »Der Brief ist nicht mit der Post gekommen, sondern von irgendjemandem in den Briefkasten geworfen worden.«
»Können wir ihn sehen?«, fragt die Baronin.
Frau Gehrke steht auf und verschwindet. Eine Minute später bringt sie uns ein Kuvert aus einem anderen Zimmer.
Neugierig beuge ich mich über die Schulter der Baronin und lese mit.

Der Zettel kommt mir bekannt vor. Und zwar deshalb, weil ich erst vor wenigen Tagen bei Herrn Hoffmann einen ähnlichen gesehen habe.
Die Buchstaben sind ebenfalls aus einem Magazin ausgeschnitten worden, allerdings sehr viel weniger sorgfältig aufgeklebt.

IHR SOHN QUENTIN
IST IN UNSERER GEWALT!
WIR VERLANGEN
50000 EURO LÖSEGELD.
SONST SEHEN SIE IHN NIE WIEDER.
WEITERE ANWEISUNGEN ERHALTEN SIE
PER TELEFON.
KEINE POLIZEI – IM INTERESSE IHRES
SOHNES!

Die Baronin brummt missmutig. An diesem Brief ist wirklich nichts auszusetzen. Klar, knapp und kriminell.
»Das hier war ebenfalls im Kuvert.« Frau Gehrke gibt uns ein Polaroid. Quentin ist darauf zu sehen, wie er mit ernstem Gesicht eine Zeitung in die Kamera hält.
Das kenne ich aus dem Fernsehen. Wenn das Op-

fer auf dem Foto mit der Zeitung drauf ist, dann weiß man, dass es ihm an dem Tag noch gut gegangen ist. Gott sei Dank ist meine Mutter nicht immer in der Nähe, wenn ich mir einen Krimi ansehe.
»Haben Sie schon etwas von den Kidnappern gehört?«, frage ich atemlos.
Frau Gehrke schüttelt den Kopf. »Nichts. Aber wir haben das Geld bereits hier.« Sie deutet auf einen Koffer neben dem Schreibtisch. »So können wir sofort reagieren, wenn ein Anruf kommt.«
Ich starre den Koffer an, der so unscheinbar in einer Ecke steht. Da ist mehr Geld drin, als meine Eltern in den letzten zehn Jahren gespart haben. Und für die Gehrkes ist das gerade mal Kleingeld.
»Sehr gut«, sagt die Baronin in dem gleichen geschäftsmäßigen Tonfall wie Frau Gehrke. »Dürften wir vielleicht mal Quentins Zimmer sehen?«
Die Dame führt uns wortlos in den ersten Stock. Alle Türen sind aus schwerem, dunklem Holz. Nur an einer hängt ein Poster von Bruce Willis. Das muss wohl Quentins Zimmer sein.
Ich habe richtig geraten: Frau Gehrke führt uns zu der Tür und macht sie auf. Dann zögert sie allerdings und sieht zum ersten Mal fast menschlich aus.

»Ich – ich gehe lieber nicht mit rein«, sagt sie mit tränenerstickter Stimme. »Mich nimmt das alles zu sehr mit. Schauen Sie sich in Ruhe um. Ich bin dann unten im Wohnzimmer, wenn Sie fertig sind.«

Die Baronin nickt und sieht die Frau plötzlich sehr viel freundlicher an. Offenbar haben wir ihr Unrecht getan. Sie hat sich wohl nur sehr gut unter Kontrolle.

Also betreten wir allein Quentins Zimmer. Es ist riesig und dunkel. Die Bettwäsche ist schwarz, ebenso die Vorhänge und der große Teppich. Schreibtisch, Schrank und Bett sind aus dunklem Holz. Sonst befindet sich nur eine gigantische Stereoanlage im Zimmer. Es sieht nicht aus wie das Zimmer eines sechzehnjährigen Jungen. An den Wänden sind keine Poster, es liegen keine Kleidungsstücke oder CD-Hüllen herum, keine Schulsachen oder Computerspiele.

Höchst erstaunt blicke ich mich um. Hier ist kaum etwas Persönliches zu finden. Ich frage mich, was wohl Fremde denken würden, die sich in meinem Zimmer umsehen. Na, solange sie nur nicht in die obere linke Schreibtischschublade schauen! Da würden sie vielleicht einen angefangenen Brief finden, der ihnen den Eindruck vermitteln könnte, ich sei in Bianca Klinger verliebt.

Die Baronin zieht gerade ein paar Schreibtischschubladen auf, aber darin sind offenbar keine Liebesbriefe. Währenddessen sehe ich mir die Fotos an, die rund um einen kleinen Spiegel neben dem Bett aufgeklebt sind. Auf einigen ist Quentin zu sehen, manchmal zusammen mit einem großen Kater. Er ist natürlich pechschwarz.

Ich sehe die Baronin fragend an und nehme, nachdem sie genickt hat, eins der Fotos ab. Vielleicht brauchen wir das ja noch. Ich werfe noch einen Blick in Quentins Kleiderschrank. Er sieht aus wie der Spind eines Soldaten, so sauber und ordentlich ist alles zusammengelegt und aufgehängt.

Die Baronin wirft mir einen fragenden Blick zu. Ich schüttle den Kopf. Nein, ich habe hier nichts gefunden.

Dann gehen wir, ohne ein Wort gewechselt zu haben, wieder nach draußen. Was sollten wir dazu sagen? Ich hatte mir das alles ganz anders vorgestellt: eine heulende Frau, einen nervös rauchenden Mann, herumsitzende Verwandte, die alle paar Minuten einen Blick auf die Uhr oder auf das Telefon werfen.

Die Atmosphäre in dem Haus gefällt mir nicht. Irgendetwas läuft hier falsch. Wenn ich Quentin wäre, hätte ich mich auch kidnappen lassen. Warum kommt es mir so vor, als wäre das alles hier ein Theaterstück, das eigens für die Baronin und mich aufgeführt wird? Und dazu mit denkbar schlechten Schauspielern.

»Sind Sie fertig?«, fährt uns ein Mann scharf an, als wir die Tür hinter uns schließen.

Die Baronin mustert ihn von oben bis unten. »Sind Sie Herr Gehrke?«, fragt sie.

Nachdem das Klimpern des Klaviers inzwischen aufgehört hat, vermutet sie wahrscheinlich richtig.

»Wir brauchen keine Detektive«, entgegnet Herr Gehrke. »Am Ende kosten uns Ihre Dienste mehr, als das Lösegeld ausmacht.«

»Unsere Dienste kosten Sie überhaupt nichts«, erklärt die Baronin ruhig. »Wir wollen nur helfen.«

»Wir brauchen auch keine Hilfe«, sagt er.

Seine Haare liegen perfekt. Der Anzug sieht elegant, aber sportlich aus. Er trägt schwarze Lederschuhe, die so glänzen, dass man sie auch als Spiegel benutzen könnte.

»Gut, dann gehen wir jetzt wohl besser«, sagt die Baronin. »Viel Glück! Und unsere Empfehlung an Ihre Frau.«

Er bringt uns zur Tür. »Tut mir Leid, dass Sie sich umsonst herbemüht haben«, sagt er kalt. »Auf Wiedersehen.«

Als wir wieder draußen auf der Straße stehen, atme ich erleichtert durch. Die kalte Luft brennt in meinen Lungen, trotzdem kommt es mir hier draußen wärmer vor als in dem Haus, das wir eben verlassen haben.

»Bin ich froh, dass wir das hinter uns haben!«, sage ich. »Um den Fall will ich mich nur kümmern, wenn die Kidnapper auch Herrn Hoffmanns Briefmarkensammlung haben.«

Die Baronin nickt düster, deutet dann aber mit dem Kopf auf die Haustür hinter mir. »Es ist noch nicht ganz ausgestanden«, lässt sie mich wissen.

Ich drehe mich um und sehe Frau Gehrke durch den Vorgarten auf uns zulaufen.

»Es tut mir Leid«, sagt sie außer Atem. »Ich hoffe, mein Mann war nicht unhöflich zu Ihnen.«

»Wie man's nimmt«, erwidert die Baronin.

»Wenn Sie irgendetwas für uns tun könnten, wäre ich Ihnen sehr dankbar.«

»Vielleicht können wir das wirklich«, sagt die Baronin zu meiner Überraschung. »Aber dann müssen Sie uns auf dem Laufenden halten.«

Die Frau nickt. »Wir greifen nach jedem Strohhalm.«

Wieder frage ich mich, was das Theater soll. Wollen die beiden jetzt, dass wir ihnen helfen, oder nicht?

»Auf Wiedersehen«, sagt die Frau und geht zurück zum Haus.

Die Baronin starrt ihr kopfschüttelnd nach.

»Komm«, fordert sie mich auf. »Wir trinken jetzt erst mal in einem Café eine schöne Tasse Tee.«

Wir unterhalten uns erst wieder, als zwei dampfende Tassen vor uns stehen.

»Was hast du drin gedacht?«, fragt mich die Baronin und sieht mich dabei neugierig an.

Ich überlege. Es fällt mir schwer, das in Worte zu fassen. »Mir kam das ganze Getue der beiden so unecht vor«, sage ich zögernd. »So, als würde da irgendwas nicht stimmen.«

»Du meinst, als wäre Quentin gar nicht wirklich verschwunden?«, fragt sie.

»Eigentlich kam es mir sehr viel unwahrscheinlicher vor, dass er überhaupt dort gewesen ist.« Ich grinse verlegen. »Das hört sich blöd an, oder?«

Die Baronin sieht mich lächelnd an. »Nein, das hast du sehr gut beobachtet«, erklärt sie. »Ich habe das Gleiche gedacht. Ein Kind passt gar nicht in dieses Haus und in das Leben des Ehepaars Gehrke.«
Ich nicke. Genau das wollte ich sagen.
»Wahrscheinlich sind sie deshalb so komisch«, sagt sie. »Es ist ihnen wohl jetzt erst aufgegangen, wie wenig Platz er in ihrem Leben einnimmt. Sie fühlen sich bestimmt schuldig.«
»Weil sie sich nicht genug um ihn gekümmert haben?«
»Erst jetzt, wo er weg ist, scheinen sie zu bemerken, dass er überhaupt da war.«
Ich ziehe das Foto aus der Tasche und starre Quentins Gesicht an. Grinsend drückt er den schwarzen Kater an sich.
»Denken Sie, wir finden ihn?«, frage ich.
Sie zuckt die Schultern. »Vielleicht ist es wichtiger, dass seine Eltern ihn finden. Wenn sie für ihn bezahlen müssen, begreifen sie vielleicht, wie viel er ihnen wirklich wert ist.«
Ich schaudere. Okay, zugegeben: Ich rege mich oft über meine Eltern auf. Aber im Grunde bin ich doch heilfroh, dass ich keine anderen Eltern habe.

Als ich nach Hause komme, drücke ich meiner Mutter in der Küche einen dicken Schmatzer auf die Backe. Vor Verwirrung hätte sie fast den Schokopudding in den Topf mit den Nudeln gekippt. Ich hätte sie trotzdem gegessen. Hauptsache, Schokolade!

Kapitel 6

»Kümmert ihr euch jetzt um den Briefmarken- oder um den Kinderräuber?«, will Murat wissen, während er den neuen Festhaltegriff an mir ausprobiert.

»Mmpf grrrr«, antworte ich, weil ich den Ärmel von Murats Judojacke im Mund habe.

»Was?«

Endlich kommt er auf die Idee, seinen Arm von meinem Gesicht zu nehmen.

»Um beides, habe ich gesagt«, wiederhole ich. »Und dann ist da noch der dritte Fall.«

»Welcher dritte Fall?«, fragt Murat und wälzt sein rechtes Bein über meine, damit ich mich überhaupt nicht mehr rühren kann.

Ich hasse Judo! Warum bin ich bloß auf die bescheuerte Idee gekommen, mit so einem dämlichen Sport anzufangen? Wenn ich diese Stunde überlebe, melde ich mich für etwas Ungefährlicheres an. Vielleicht irgendwas mit Pferden. Zum Beispiel Schach.

Um uns herum rollen sich zwölf andere Jungen und drei Mädchen in Kampfgriffen auf dem Boden. Keinem von ihnen scheint es viel mehr Spaß zu machen als mir.

»Da ist noch die Sache mit dem Fischdieb«, verrate ich Murat und versuche mich aus seinem Griff zu befreien.

»Welche Fische?«

Ich erzähle ihm vom Tanker und seinem Teich.

»Hört sich an, als hättest du eine kalte Spur«, lacht Murat.

Ich wälze mich vergeblich auf der Matte hin und her.

»Wieso kalt?«, frage ich verwundert.

»Na, ein zugefrorener Teich, rundherum verschneite Gärten – was soll daran bitte heiß sein?«, meint Murat. »Na, gibst du endlich auf?«

Ich versuche zu nicken, kann aber meinen Kopf nicht bewegen. Also klopfe ich mit der flachen Hand auf die Matte. Das ist beim Judo das Zeichen für Aufgeben. Und so ziemlich das Einzige, was ich an diesem Sport wirklich beherrsche.

Zufrieden steht Murat auf und zieht seine Judojacke wieder glatt. Dabei hält er mir seinen gelben Gürtel unter die Nase. Weil ich bei der letzten Prüfung krank war, ist meiner nur weißgelb. Aber egal, bis zum schwarzen werde ich es sowieso nie bringen. Es sei denn, unser Meister lässt seinen mal in der Garderobe liegen.

»Hast du nicht Lust, mir bei dem Fischfall zu helfen?«, frage ich Murat.

»Nein«, antwortet er sofort.

»Warum denn nicht?«

»Weil du dabei sicher draußen rumhängen musst«, erklärt Murat. »Und darauf hab ich bei dem Wetter überhaupt keine Lust.«

»Ach komm!«, bettle ich. »Das wird sicher lustig. Vielleicht kommt unser Bild sogar in die Zeitung.«

»Wegen Goldfischen?« Mein Freund zeigt mir einen Vogel. »Träum weiter.«

Ich habe absolut keine Lust, allein in den Schrebergarten zu fahren. Nicht weil ich Angst habe, sondern weil ich mich dort garantiert zu Tode langweilen werde. Aber so bringe ich Murat nicht dazu, mir zu helfen. Ich muss ihn bei seiner Eitelkeit packen. Das ist Gott sei Dank nicht allzu schwer.

»Ich hab ein bisschen Angst, allein nach dem Dieb

zu suchen«, schwindle ich und senke den Kopf. »Wenn er mich angreift, kann ich mich doch gar nicht wehren.« Ich schiele auf Murats Gesicht. »Aber du könntest ihn doch mit deinen Judogriffen sofort überwältigen.«
Murat grinst geschmeichelt. »Der soll nur kommen!«, knurrt er. »Dann kriegt er dies und das und das hier!« Er tritt mit den Füßen in die Luft und fuchtelt wild mit den Armen herum.
»Das hier ist Judo, nicht Kickboxen«, ruft unser Meister ihm belustigt zu.
Murat winkt lässig ab. »Aufwärmübungen«, sagt er.
»Guter Zeitpunkt«, meint unser Meister und sieht auf die Uhr in der Turnhalle. »Die Stunde ist vorbei. Ihr dürft wieder raus in die Antarktis.«
Erleichtert erhebe ich mich von der Matte, zupfe meine Judojacke zurecht und schlurfe neben Murat auf die Garderobe zu.
»Wie kommt man denn zu der Schrebergartensiedlung?«, fragt er vor seinem Spind und streift den Pullover über den Kopf.
Das habe ich mir gestern im Internet extra noch mal angesehen. Also rassle ich Murat die Verbindungen runter.

Er knurrt missmutig. »Ziemlich umständlich.«
Ich zucke die Schultern und hoffe, dass er es sich nicht wieder anders überlegt.
Tut er nicht. Eine drei viertel Stunde später stehen wir vor der Schrebergartensiedlung. Weil ich den Schlüssel nicht dabeihabe, müssen wir über den Zaun klettern.
»Mensch, sind das tolle Gartenhäuser!«, staunt Murat. »Da kann man ja richtig wohnen.«
»Abgesehen davon, dass sie keine Heizung haben«, brumme ich und ziehe den Reißverschluss meines Anoraks noch höher. »Das ist der Garten vom Tanker.«
Wir steigen über die niedrige Gartentür.
»Wo ist der Typ denn?«, fragt Murat.
Ich sehe auf die Uhr. »Es ist nach fünf«, erkläre ich. »Er ist sicher schon zu Hause.«
»Und wir frieren uns hier für ihn den Hintern ab«, stellt Murat fest. »Kriegen wir wenigstens eine Belohnung?«
»Vielleicht bringt er uns das Grillen bei.«
Murat grunzt. »Toll. Und jetzt?«
»Wir warten«, sage ich und hocke mich vor das Gartenhaus.
»Vielleicht hättest du lieber Bianca mitbringen sol-

len«, meint Murat grinsend. »Dann könntet ihr euch jetzt eng aneinander kuscheln.«
Ein Gutes hat sein blöder Witz: Mir wird schlagartig sehr viel heißer.
»Kennst du den Witz von dem alten Mann und dem Bären?«
Ich schüttle den Kopf. Ich will den Witz gar nicht hören. Murats Witze haben alle eins gemeinsam: Sie haben keine Pointe. Zumindest verstehe ich sie nicht.
Ich höre nur mit halbem Ohr zu, während mein Freund sein übliches Programm abspult. Als er mir zum dritten Mal den Witz vom blinden Oberarzt erzählt, horche ich plötzlich auf. Nein, nicht wegen dem Witz, sondern weil ich ein leises Geräusch gehört habe.
Sofort lege ich Murat die Hand auf den Mund. Es sind Schritte, die draußen auf dem Kiesweg zu hören sind. Dann ein trockenes Husten.
»Lass uns abhauen«, flüstert Murat ängstlich.
Ich schüttle grimmig den Kopf. Jetzt werden wir den Dieb gleich zu sehen kriegen. Die Schritte sind direkt vor der Gartentür angekommen. Es ist wieder totenstill. Neben uns fliegt eine Amsel auf und Murat zuckt zusammen.

Dann hören wir die Schritte wieder. Sie gehen weiter den Kiesweg entlang. Halb erleichtert, halb enttäuscht sehe ich Murat an und schüttle den Kopf. Der hockt verkrampft an der Hauswand und wagt noch immer nicht sich zu rühren. Was für ein Hosenscheißer! Nicht zu fassen. Und er wollte den Dieb mit bloßen Händen in die Flucht schlagen!
»Das war nicht der Dieb«, seufze ich. »Er ist vorbeigegangen.«
Murat nickt. »Können wir jetzt endlich abhauen?«, quengelt er. »Mir ist kalt, es wird schon dunkel und meine Mama wartet mit dem Abendessen auf mich.«
»Nur noch ein paar Minuten.«
»Wozu? Wir sehen sowieso gleich nichts mehr.«
Murat hat Recht. Es ist inzwischen ziemlich dunkel geworden. In einer halben Stunde können wir sicher nicht mehr die Hand vor Augen sehen.
Ich will gerade nachgeben und aufstehen, als wir ein leises Tapsen in der Nähe des Zauns hören. Mit großen Augen starren wir beide zum Teich. Ganz leise hören wir das regelmäßige Geräusch, das näher kommt. Ein Mensch kann es nicht sein, dazu ist es viel zu leicht. Also muss es ein Tier sein. Aber welches?

Die schneebedeckten Büsche zwischen dem Zaun und dem Gartenteich bewegen sich leicht. Schnee rieselt zu Boden. Im nächsten Moment schiebt sich eine schwarze Pfote durch das Gebüsch aufs Eis des Gartenteichs.

Murat und ich halten die Luft an. Der Pfote folgt ein Bein und schließlich der Rest einer großen schwarzen Katze. Anmutig klettert sie auf das Eis und drückt den Bauch flach dagegen. In Zeitlupentempo schiebt sie sich näher an das kleine Loch heran, das der Tanker gemacht hat.

Lauernd beobachtet sie die rotgoldenen Punkte, die sich unter dem Eis bewegen. Als einer von ihnen in dem Loch sichtbar wird, taucht ihre Pfote blitzartig ins Wasser und – verfehlt den Fisch.

»Igitt!« Murat verzieht angewidert das Gesicht. »Sushi tiefgekühlt!«

Die Katze hebt den Kopf und blickt zu uns herüber.

»Toller Dieb!«, höhnt Murat. »Soll ich sie mit einem Judogriff außer Gefecht setzen? Statt mich mitzuschleppen hättest du lieber einen Hund mitbringen sollen, Benedikt!«

Die Katze fühlt sich durch uns offenbar bei der Jagd gestört. Elegant schreitet sie über den Teich und verschwindet wieder unter den Büschen.

»Können wir jetzt endlich verduften?«, fragt Murat.
Ich nicke. »Zuerst muss ich dem Tanker noch einen Brief hinterlassen.«
Ich krame einen Zettel und einen Kuli aus meinem Rucksack.

Lieber Tanker!
Ich habe den Dieb gefunden, der Ihre Fische klaut. Er ist schwarz und hat vier Pfoten. Eine streunende Katze fischt in Ihrem Teich. Hoffentlich habe ich Ihnen mit dieser Information geholfen! Bitte grillen Sie sie nicht!
Mit freundlichen Grüßen

Ihr Detektiv Benedikt

Murat schielt auf den Brief, ehe ich ihn falte und auf das Fensterbrett des Gartenhäuschens lege. Sicherheitshalber beschwere ich ihn noch mit einem Stein.
»Gehen wir, bevor wir uns eine Erkältung holen!«, sage ich.
»Hatschi! Hatschi! Hatschi!«, sagt Murat.
Ich antworte mit einem bellenden Husten.

Kapitel 7

»Verstehe ich nicht«, brummt meine Mutter. »Du kommst doch eben von der Schule, warum willst du denn schon wieder dorthin?«

»Doch nicht in meine Schule, Mutti«, stöhne ich. Immer diese umständlichen Erklärungen! Detektive sollten einfach nicht mehr bei ihren Eltern wohnen.

»Geht es wieder um irgend so ein Detektivding?«

Ich nicke. »Erraten.«

»Du solltest lieber im Bett bleiben. Mit dem Husten dürfte ich dich gar nicht auf die Straße lassen.«

Ich wusste, dass sie das sagen würde. Murat ist heute zu Hause geblieben. Am Telefon hat er mir krächzend und hustend vorgeworfen, an seiner Erkältung schuld zu sein. Ganz Unrecht hat er da sicher nicht. Und gegen böse Grippeviren helfen auch seine Judogriffe nicht.

Unter normalen Umständen wäre ich selbst heute auch nicht in die Schule gegangen, weil ich wirklich ziemlich krank bin.
Aber dann hätte ich mich auch heute Nachmittag nicht mit der Baronin treffen können. Und mal ehrlich – wie oft hat man schon die Gelegenheit, echte Entführer zu überführen?
Also ziehe ich meinen Anorak über zwei Pullover und setze sogar meine grüne Mütze auf. Hoffentlich laufe ich niemandem über den Weg, den ich kenne. Vermutlich würde der mich ohnehin nicht erkennen. Ich bemerke ziemlich schnell, dass ich mich mit all den Kleiderschichten kaum noch bewegen kann.
»Bis später!«, rufe ich und bin aus der Tür, ehe meine Mutter noch was sagen kann.
Die Baronin wartet im Taxi vor meiner Haustür. Als sie meine heisere Stimme am Telefon hörte, wollte sie nichts davon wissen, dass ich mit der S-Bahn zur Schule fahre.
»Wie geht's dir denn?«, fragt sie besorgt, nachdem ich eingestiegen bin.
»Ganz gut«, ächze ich.
»Hab schon gehört, dass du krank bist«, sagt der Taxifahrer. »Sollst dich in der Schreber-

gartensiedlung rumgetrieben haben, sagt dein Vater.«

Ich nicke. Wie immer bin ich verblüfft, dass jeder Taxifahrer in Hamburg meine Lebensgeschichte zu kennen scheint. Von wegen Frauen tratschen gerne!

»Pass mal auf«, beginnt die Baronin leise und wirft dem Fahrer einen abschätzenden Blick zu. Ihre Geheimniskrämerei! »Frau Gehrke hat mir am Telefon gesagt, dass Quentins Freundin Patrizia heißt. Sie geht in dieselbe Klasse wie er und sein bester Freund David.«

Ich nicke.

»Sonst hat sie mir nicht viel erzählen können. Wir sollten uns mit David und mit Patrizia unterhalten. David hat lange, blonde Haare und ist ziemlich klein. Und angeblich sieht Quentins Freundin Patrizia irgendwie komisch aus«, fährt die Baronin fort. »Was immer Frau Gehrke auch darunter versteht.«

Fünfzehn Minuten später wissen wir, dass Frau Gehrke Recht hat: Patrizia sieht seltsam aus.

Die Baronin und ich fragen uns in der Pause auf dem Schulhof nach ihr durch. Als wir sie sehen, halten wir sie zuerst für einen Jungen. Sie trägt völlig zerfetzte Jeans, durch deren Löcher man eine rote Strumpfhose erkennen kann. Die passt wiederum gut zu Patrizias Haaren. Sie sind stoppelkurz, knallrot und heben sich von ihrem käseweißen Gesicht gut ab.

»Was wollt ihr denn?«, fragt sie uns verblüfft, als die Baronin ihr auf die Schulter tippt.

Jetzt erkenne ich auch, dass sie ihre Augen schwarz geschminkt hat. Jede Menge Piercings verstümmeln ihr Gesicht: drei Ringe in der Nase, einen in der linken Augenbraue und ein silberner Punkt in der Unterlippe.

Hoffentlich verreist sie nicht allzu oft mit dem Flugzeug. Sonst müsste sie vor dem Metalldetektor praktisch ihr ganzes Gesicht abnehmen. Ob Bianca sich in sechs Jahren auch so stylen wird? Hoffentlich nicht!

»Wir wollen dir ein paar Fragen über Quentin stellen«, sagt die Baronin. »Du bist doch seine Freundin?«

»Schon möglich«, brummt Patrizia misstrauisch. »Warum?«

»Weil er seit ein paar Tagen verschwunden ist«, sagt die Baronin leise.

Wir haben vorher abgemacht, dass wir nichts

von der Entführung erzählen wollen, weil sich das schnell rumsprechen würde und jemand die Polizei einschalten könnte.
»Wir suchen ihn im Auftrag seiner Eltern.«
Patrizia lacht höhnisch. »Wird ihm wohl zu blöd geworden sein bei denen.«
»Hast du eine Ahnung, wo er stecken könnte?«, frage ich schüchtern. Eigentlich bin ich jedem Mädchen gegenüber schüchtern. Aber bei einem, das aussieht wie Patrizia, möchte ich am liebsten weglaufen.
»Vielleicht ist er bei seiner Oma«, sagt sie lahm.
»Nein, da waren wir schon«, erwidert die Baronin.
»Wenn er sich bei mir meldet, sag ich Bescheid«, meint Patrizia.
»Was ist denn hier los?«, spricht ein blonder Junge sie an, der etwa in ihrem Alter ist. Sein Haar reicht ihm fast bis zu den Ellbogen: David!
Patrizia deutet mit dem Kopf auf uns. »Die beiden suchen Quentin.«
»Warum? Ist er abgehauen?«
Sie nickt. »Offenbar.«
»Kein Wunder!«, zischt der Junge. »Wenn ich so beknackte Eltern hätte, wäre ich schon längst in die Sahara ausgewandert.«

»Warum denn das?«, erkundigt sich die Baronin.
»Ist doch egal, was David meint«, fährt Patrizia dazwischen. »Der hat sowieso null Ahnung von nichts.«
»Wenn du wüsstest!«, giftet David zurück. Dann wirft er sein langes Haar zurück und wendet sich an die Baronin und mich. »Quentins Eltern sind so was von knauserig, das können Sie sich überhaupt nicht vorstellen. Quentin kann sich im Sommer nicht mal ein Eis nach der Schule leisten.« Er schielt zu Patrizia hinüber. »Ihre Eltern haben nicht mal ein Zehntel von dem, was die Gehrkes verdienen. Trotzdem lädt sie Quentin ein, wenn sie ins Kino gehen, weil er kein Geld dafür kriegt.«
»Halt die Klappe, David!«, faucht Patrizia böse. »Das interessiert hier niemanden.«
»O doch!«, widerspricht die Baronin. »Das interessiert mich sogar sehr.«
David grinst stolz.
»Was machen die Gehrkes denn sonst mit ihrem Geld?«, frage ich neugierig. »Sparen sie etwa alles?«
»Sparen!«, wiederholt David höhnisch. »Die wissen nicht mal, was das ist. Die geben alles für sich selbst aus. Da läuft eher ein Elefant Schlittschuh, bevor die einen Groschen zur Seite legen.«

»Ist ja auch schon vorgekommen«, sagt Patrizia gedankenverloren.

»Was ist vorgekommen?«, fragt David stirnrunzelnd.

»Das mit dem Elefanten«, antwortet sie ungeduldig.

»Stimmt«, bekräftigt die Baronin. »War ja ganz groß in allen Zeitungen.«

»Ich hab nichts davon mitgekriegt«, sage ich leise.

»Ein Elefant ist aus dem Zoo abgehauen«, erklärt die Baronin. »Die Wärter haben ihn eingefangen, als er auf dem zugefrorenen See im Stadtpark rumlief.«

Ich will lachen, muss aber sofort husten.

»Wann war das noch mal?«, fragt die Baronin.

Ich verstehe nicht, warum sie dieses Thema so sehr interessiert. Will sie damit vielleicht das Eis brechen?

Zu meiner Überraschung antwortet Patrizia wie aus der Pistole geschossen: »Montag. Am Dienstag war's in der Zeitung.«

»Seit wann interessierst du dich denn für Tiere?«, fragt David sie verblüfft.

»Ich lese eben Zeitung«, antwortet Patrizia knapp. »Außerdem mochte ich schon immer Tiere. Vor al-

lem Katzen. Tarantino ist ein richtig guter Freund von mir.«
»Wer ist Tarantino?«, erkundige ich mich prompt.
»Quentins Kater«, erklärt David. »Er ist ganz verrückt nach dem Vieh. Wollte ihn sogar mal mitnehmen auf einen Schulausflug.«
»Genug gequatscht«, unterbricht ihn Patrizia. »Die Pause ist gleich vorbei. Wir müssen wieder rein.« Sie baut sich vor der Baronin auf. »Ich gebe Ihnen einen guten Rat: Halten Sie sich lieber aus den Familiengeschichten raus. Quentin wird bestimmt bald auftauchen. Tschüs!«
Sie dreht sich um, packt David, der noch etwas sagen wollte, am Ärmel und schleift ihn mit in die Schule. Von hinten sieht David aus wie ein Mädchen und Patrizia wie ein Junge. Komisches Paar. Irgendwie passen sie beide nicht besonders gut zu Quentin. Auf den Fotos sieht er fast wie ein Erwachsener aus, so ruhig und überlegen.
Ich muss niesen.
»Was sollte denn das mit dem Elefanten?«, frage ich die Baronin und schniefe lautstark in ein Taschentuch.
»Du trompetest fast wie einer«, lacht sie. Dann

wird sie ernst. »Ich glaube, wir haben etwas übersehen.«

»Was denn?«

»Wir brauchen einen Computer«, stellt sie fest.

»Wozu?«

»Ich muss auf der Seite der *Hamburger Nachrichten* das Titelblatt der Ausgabe von Montag sehen.«

»Wozu?«, wiederhole ich ungeduldig.

»Weil ich wissen will, ob der Elefant tatsächlich am Dienstag die Schlagzeile war.«

»Da habe ich eine bessere Idee«, sage ich sofort. »Kann ich mal Ihr Handy haben?«

Die Baronin fischt es aus der Manteltasche und gibt es mir. Ich rufe meinen Vater auf seinem Handy an.

»Bachmann.«

»Hier auch.«

»Benedikt?«

Ich muss husten.

»Warum bist du nicht im Bett?«, schimpft mein Vater. »So eine Schnapsidee von deiner Mutter, dich in diesen blöden Garten zu schleppen!«

»Das war nicht ihre Idee, sondern meine«, erwidere ich. »Kann ich dich was fragen?«

»Geht's wieder um Briefmarken?«

»Nein, um Zeitungen. Weißt du zufällig noch, was am Dienstag auf der Titelseite der *Hamburger Nachrichten* war?«

Er überlegt. »Ja. Der Mord in St. Pauli.«

»Ganz sicher?«, frage ich nach. »Nicht die Sache mit dem Elefanten?«

»Das stand in der Montagausgabe«, sagt mein Vater sofort.

»Kein Zweifel?«

»Nein. Ich kann mich deshalb so genau erinnern, weil einige Kollegen mir von den Verkehrsstaus erzählt haben, die das Vieh am Sonntag verursacht hat.«

»Danke, Papa. Tschüs!«

»Geh ins Bett! Tschüs!«

Ich gebe der Baronin das Handy zurück.

»Er sagt, der Elefant war am Montag auf dem Titelblatt. Patrizia hat sich geirrt, aber ist das so wichtig?«

Die Baronin drückt mir das Polaroid von Quentin in die Hand. Ich sehe es mir noch mal genau an. Er steht vor einer schmucklosen Holzwand und starrt in die Kamera. In den ausgebreiteten Händen hält er die *Hamburger Nachrichten.* Jetzt verstehe ich, was die Baronin meint. Auf dem Titelblatt der

Ausgabe, die Quentin hält, ist ein Elefant zu sehen. Also ist es die Ausgabe von Montag. Quentin wurde aber erst am Dienstag entführt.

»Glauben Sie etwa, dass Quentin –« Ich wage nicht, meinen Gedanken zu Ende zu denken. Wenn die Zeitung in der Hand des Opfers dazu da ist, zu beweisen, dass es ihm noch gut geht, dann kann das hier nur etwas Schlechtes bedeuten.

»Das heißt entweder, dass die Entführer Quentin die Zeitung des Vortages in die Hand gedrückt haben.«

»Oder?«

»Oder hier ist etwas so faul, dass es zum Himmel stinkt.«

Kapitel 8

»Haben Sie etwas herausgefunden?«, erkundigt sich Frau Gehrke sofort, nachdem sie die Tür geöffnet hat.

»Leider nein«, bedauert die Baronin. »Wir haben allerdings noch eine Frage an Sie.«

»Ja?«

»Sind Sie absolut sicher, dass Quentin am Dienstag entführt wurde?«

Die Frau sieht uns verwirrt an. »Natürlich bin ich sicher«, sagt sie dann. »Warum?«

Die Baronin reicht ihr das Polaroid. »Sehen Sie sich doch mal die Zeitung an, die Ihr Sohn da in der Hand hält. Sehen Sie den Elefanten? Das ist das Titelblatt der *Hamburger Nachrichten* von Montag.«

»Ich verstehe nicht«, stammelt Quentins Mutter.

»Die Entführer haben ihm eine alte Zeitung in die Hand gedrückt«, erklärt die Baronin.

»Heißt das, meinem Quentin ist was passiert?«
»Die mussten ihn doch in der Gewalt haben, um das Foto machen zu können«, sage ich heiser. »Und das haben sie angeblich erst am Dienstag geschafft, denn Montag war Quentin ja noch zu Hause.«
»Warum haben sie ihm dann nicht die Zeitung von Dienstag gegeben?«, fragt Frau Gehrke.
Die Baronin und ich schütteln ratlos den Kopf.
In dem Moment klingelt im Haus das Telefon. Frau Gehrke sieht uns mit großen Augen an und geht wieder rein. Zögernd folgen wir ihr.
»Gehrke«, meldet sie sich am Telefon. »Quentin! Wie geht es dir, mein Schatz? Bist du unverletzt? Haben sie dir auch nichts getan? Wo bist du? Wie ist das passiert? – Wie? Aber natürlich lasse ich dich ausreden, mein Schatz. – Aha. – Hm. – Ja, 50000! – Wohin? Natürlich, machen wir! – Was? – Ja!«
Die Baronin kommt einen Schritt näher und sieht Frau Gehrke fragend an. Die zieht eine Augenbraue hoch. Die Baronin legt eine Hand an den Hörer. Frau Gehrke gibt ihn ihr widerstrebend.
»Hallo? Hier spricht Baronin von Stöver, mein Junge«, sagt sie energisch. »Gib mir mal einen der Entführer.«

Ich stelle mich neben sie und presse mein Ohr ebenfalls an den Hörer.

»Wer sind Sie?«, fragt Quentin fast verärgert.

»Das sagte ich doch eben«, erklärt die Baronin. »Karoline Baronin von Stöver. Und jetzt gib mir einen Kidnapper.«

»Das – äh – das geht nicht«, stammelt Quentin. »Die wollen nicht. Ich muss jetzt auflegen. Halten Sie sich da raus, sonst bringen die mich um!«

Er legt auf.

Die Baronin auch.

»Was hat er noch gesagt?«, fragt Frau Gehrke.

»Dass er froh ist, dass Ihnen jemand hilft. Dann haben die Kidnapper aufgelegt.«

»Und was jetzt?« Frau Gehrke lässt sich auf einen Sessel fallen. »Ich bin mit den Nerven völlig am Ende. Ich habe kaum ein Auge zugetan heute Nacht.«

»Kann ich mir vorstellen«, nickt die Baronin. »Bei all den Sorgen, die sie zurzeit –«

»Es ist nicht nur das«, sagt Frau Gehrke. »Mein Mann hat fast die ganze Nacht Klavier gespielt. Er hat sich jetzt etwas hingelegt. Wir haben fast alle Termine sausen lassen.«

Die Baronin und ich sehen einander viel sagend an. Endlich scheint die unnatürliche Ruhe von dem

Ehepaar abzufallen. Langsam werden sie wohl einfach nur besorgte Eltern. Wird auch Zeit, finde ich!

»Was hat Quentin Ihnen denn eben am Telefon erzählt?«, will die Baronin wissen.

»Er hat mir den Ort der Geldübergabe genannt«, erzählt Frau Gehrke nervös. »Sie wollen, dass wir das Geld in einen Abfalleimer an einer Straßenkreuzung am Hafen werfen.«

»Wann?«

»Übermorgen, Punkt drei Uhr.«

»Und welcher Abfalleimer soll das sein?«, fragt die Baronin.

Frau Gehrke nimmt einen Zettel und schreibt die Straßennamen auf. Dann gibt sie ihn der Baronin. Die wirft einen Blick darauf, nickt grimmig und verspricht: »Wir werden dort sein!«

»Ja, aber wird das denn nicht zu sehr auffallen, wenn dort jemand herumlungert, der da nicht hingehört?«, gibt Frau Gehrke zu bedenken. »Ich meine, die Kidnapper werden die Straßenkreuzung doch sicher im Auge behalten, oder nicht?«

»Lassen Sie das unsere Sorge sein«, meint die Baronin. »Nicht mal Sie werden merken, dass wir da sind.«

Kapitel 9

Ich bin stinksauer!
Ich dachte, meine Mutter hätte die Sache mit dem Garten inzwischen vergessen, aber nein! Diesmal hat sie sogar den Schlüssel für das kleine Häuschen dabei.
Der Grund für ihren neuerlichen Stimmungswandel ist ein Album. Allerdings nicht das verschwundene Briefmarkenalbum von Herrn Hoffmann, sondern ein altes Fotoalbum. Darin hat meine Mutter Fotos von sich als kleinem Mädchen entdeckt. Und dieses kleine Mädchen spielt auf den Fotos in hellen Sommerkleidchen im Garten. Auf einem Bild steht es auch neben einem riesigen Schneemann. Tja, und jetzt will meine Mama doch einen Garten.
»Es geht mir nur um das Kind«, hat sie meinem Vater erklärt.
Diesmal bin ich nicht mal wütend geworden. Ich

glaube nämlich gar nicht, dass sie mich damit gemeint hat. Wahrscheinlich hat meine Mama dabei an das kleine Mädchen aus dem Fotoalbum gedacht.
Toll! Und deshalb verliere ich einen ganzen Tag, an dem die Baronin und ich ermitteln könnten. Ich habe ja auch nichts Besseres zu tun als mit meiner Erkältung durch den Schnee zu stapfen! Aber meine Mutter meint, wenn ich gesund genug bin, um mit der Baronin draußen rumzuhängen, dann kann ich auch in den Garten mitkommen.
Während sie das Häuschen aufschließt, um sich darin umzusehen, spähe ich hinüber zum Tanker.
»Hey, Benedikt!«, ruft er freundlich. »Wie geht's dem großen Detektiv?«
Ich fühle mich geschmeichelt und gehe zum Zaun hinüber.
»War ein guter Tipp mit dem Kater!«, sagt er.
»Was – äh – was haben Sie denn mit ihm gemacht?«, frage ich vorsichtig.
Er lacht. »Einen Pelzkragen für meinen Mantel geschneidert.«
»Echt?«
»Ach Quatsch!«, beruhigt er mich. »Ich füttere das

Vieh. Was soll ich denn sonst machen? Es ist doch völlig ausgehungert.«

Ungläubig starre ich den Tanker an. Hat er etwa sein Herz für Tiere entdeckt? Oder will er den Kater nur mästen, damit auch richtig Fleisch dran ist, wenn er ihn brät?

»Sieh mich nicht so an!«, schnaubt er. »Ich bin doch kein Unmensch. Der kleine Kater ist richtig süß. Ganz schwarz mit so einem niedlichen weißen Fleck zwischen den Ohren.« Er zuckt die Schultern. »Er kann doch nichts dafür, dass er hier gelandet ist. Halb verhungert, das arme Vieh. Solange ich ihn füttere, lässt er wenigstens meine Fische in Ruhe.«

Nachdenklich runzle ich die Stirn. »Ich frage mich, wie der Kater hierher gekommen ist.«

»Irgendjemand wird ihn ausgesetzt haben. Konnte ihn wohl nicht mehr brauchen, also weg damit!« Er schnaubt. »Du würdest dich wundern, was angebliche Tierliebhaber ihren Herzchen alles antun. Ein Wunder, dass das Vieh noch nicht verhungert ist!«

»Benedikt!«, ruft meine Mutter.

Ich drehe mich zu ihr um.

»Komm, lass uns gehen!«

»Gefällt es Ihnen hier etwa nicht?«, fragt der Tanker und macht dabei ein enttäuschtes Gesicht.

Meine Mutter wackelt unschlüssig mit dem Kopf.
»Sie sehen hier nur Schnee und ein paar Häuser«, sagt der Tanker. »Aber Sie müssen Ihre Fantasie spielen lassen.« Er deutet mit der ausgestreckten Hand über die Gärten. »Im Frühling schmilzt der Schnee und speist den kleinen Bach, der durch die Gartensiedlung fließt. Dann wird das Gras grün und die Bäume blühen. Sie sitzen in der Sonne und hören das Rauschen des Wassers. Es riecht nach Erde und frisch geschnittenem Gras. Die ersten Blumen strecken ihre Köpfchen in die Luft und leuchten Ihnen entgegen. Und dann können Sie sich keinen schöneren Ort auf der Erde vorstellen.«
Ich sehe den Tanker genauso verdutzt an wie meine Mutter. Wer hätte erwartet, dass in ihm ein Dichter schlummert? Das, was er eben gesagt hat, könnte glatt in unserem Lesebuch stehen.
Meine Mutter kommt näher und quetscht den Tanker über die Leute in der Siedlung aus. Ich gehe inzwischen zum Gartenweg und wandere auf und ab.
Plötzlich höre ich hinter mir ein Knirschen. Ich drehe mich um und erkenne eine vermummte Gestalt, die zwei Tüten schleppt.

Als sie näher kommt, fallen mir die roten Haare unter der Kapuze des Anoraks auf.
Nicht zu fassen! Das ist doch – oder? Aber natürlich!
»Hallo, Patrizia!«, rufe ich.
Sie bleibt stehen und mustert mich misstrauisch. Dann scheint ihr einzufallen, woher sie mich kennt.
»Bist du nicht der Kleine vom Schulhof?«
Mein Stolz verbietet es mir, zu nicken. Der Kleine!
»Was machst du denn hier?«, fragt sie. »Schnüffelst du mir etwa hinterher?«
»Ich war doch vor dir da«, verteidige ich mich.
»Und was machst du hier?«, wiederholt sie.
»Meine Mutter sieht sich einen Garten an. Und was machst du hier?«
»Ich? Meine Großeltern haben hier ein Gartenhäuschen. Ich – ich wollte einen Schneemann bauen.«
Na klar! Patrizia ist genau der Typ, der am Nachmittag durch den Schnee in den Garten ihrer Großeltern stapft, um hier einen Schneemann zu bauen. Ich muss fast lachen.
»Ja, wirklich!«, meint sie genervt. »Warum glotzt du so blöd? Glaubst du mir etwa nicht?«

Sie greift in eine der Tüten und zieht eine Möhre hervor. »Hier, bitte. Das wird seine Nase.« Dann greift sie in die andere Tüte. »Und hier ist Kohle für seine Augen und die Knöpfe.«
Tja, offenbar habe ich mich getäuscht. Patrizia will hier tatsächlich einen Schneemann bauen.
»Hast du was von Quentin gehört?«, frage ich.
Sie zuckt zusammen. »Ist er noch nicht zurück?«
Ich schüttle den Kopf und wundere mich, dass sie das nicht weiß. Ob es Bianca auffallen würde, wenn ich eines Tages nicht mehr in die Schule käme? Wahrscheinlich schon. Und dabei ist sie nicht mal meine Freundin.
»Machst du dir keine Sorgen?«, wundere ich mich.
»Quentin kann auf sich aufpassen.«
»Hallo, Pat!«, ruft der Tanker, der eben neben meiner Mutter aus dem Garten kommt.
»Hallo, Tanker!«
»Die Pat, das ist eine«, erzählt er meiner Mutter. »Ist fast so oft im Garten wie ich. Die stört sich nicht am Schnee, stimmt's, Pat?« Er verzieht das Gesicht. »Andererseits hast du ja auch 'nen Ofen in der Hütte.«
»Ach, das gibt's?«, fragt meine Mutter erstaunt.

»Ja klar, einige hier haben Holzöfen in den Häusern«, sagt der Tanker.
»Ich muss jetzt los«, meint Patrizia schnell. »Ciao!«
Sie hält ihre Tüten fest und stapft weiter den Weg entlang.
Meine Mutter sieht ihr nach und streckt dann dem Tanker die Hand hin. »Vielen Dank für die Auskünfte, Herr Eutersack!«
Ich zucke zusammen. Bei so einem Namen wäre es mir auch lieber, wenn die Leute mich Tanker nennen würden. Sogar wenn ich dafür saufen müsste.
»Ich hoffe, wir werden Nachbarn, Frau Bachmann!«, sagt er freundlich und schüttelt ihr die Hand. Dann drückt er meine. »Bis bald, Benedikt!«
Wir gehen zurück zum Auto. Einsam steht es unter einem Baum am Parkplatz. Am anderen Ende wartet ein Volvo auf den Tanker. Wir sind wirklich die Einzigen, die sich hier im Winter rumtreiben. Bis auf ein Moped, das nahe am Eingang abgestellt ist. Das gehört sicher Patrizia. Ich finde es immer noch komisch, dass sie hier rumhängt. Sie passt hier genauso wenig hin wie der schwarze Kater.
»Äh – kennst du dieses Mädchen eigentlich gut?«, fragt meine Mutter, als wir losfahren.
Ich sehe sie verblüfft an. »Eigentlich nicht. Wieso?«

Sie zuckt die Schultern. »Nichts, ich dachte nur ... Die ist doch ein bisschen alt für dich, oder? Und außerdem nicht so ganz dein Typ.« Sie wirft mir einen Seitenblick zu. »Hoffe ich zumindest.«

Kapitel 10

Meine Erkältung ist schlimmer geworden. Heute Morgen musste ich meine Mutter zehn Minuten lang anbetteln, in die Schule zu dürfen. Gott sei Dank hat sie es mir erlaubt, obwohl meine Argumente mit krächzend heiserer Stimme vorgetragen wurden. Sonst könnte ich jetzt auch nicht zur Baronin fahren. Ganz schön lästig, so eine Erkältung!

Murat fehlt noch immer. Weil er krank ist, erlaubt ihm seine Mutter endlich, so viel Computer zu spielen, wie er will.

Gestern hat er mir am Telefon ganz begeistert erzählt, dass er jetzt alle Teile von Monkey Island und Tomb Raider durchgespielt hat. Sehr krank hat er sich dabei nicht angehört. Nur zum Abschied hat er mal halbherzig geniest.

Dafür krächze ich umso schlimmer. Als ich aus der S-Bahn steige, remple ich einen Mann an und sage

»Entschuldigung«. Besonders deutlich war das wohl nicht zu verstehen, denn er dreht sich um und sagt: »Unverschämtheit!«

Als ich vor der Wohnungstür der Baronin ankomme, atme ich erleichtert auf. Im nächsten Augenblick kreische ich allerdings erschrocken los. Die Tür geht auf und vor mir steht eine alte Pennerin. Sie trägt uralte, ausgebeulte Sachen, eine widerliche schwarze Strickmütze und fingerlose Handschuhe. Ihr Gesicht ist dreckverschmiert und sie lacht aus vollem Hals.

»Na, mein Junge? Hast du einen Schreck gekriegt?«, fragt sie mich schadenfroh.

»Wie sehen Sie denn aus?«, stammle ich heiser.

»Ich musste mich doch verkleiden«, erklärt die Baronin. »Für den Fall, dass die Kidnapper wissen, wie wir aussehen. In der Gegend, in der die Geldübergabe stattfindet, lungern immer Penner herum.«

Sie klopft mir auf den Rücken. »Jetzt fehlt mir nur noch der alte Mantel von Herrn Hoffmann.« Sie schließt die Wohnungstür ab und wir gehen den Gang entlang zu Herrn Hoffmanns Wohnung.

Die Baronin klopft. Als Herr Hoffmann die Tür aufmacht, reißt er entsetzt die Augen auf. Dann erkennt er die Baronin und grinst erleichtert.

»Na endlich!«, begrüßt er uns. »Haben Sie etwas herausgefunden?«
Die Briefmarken! Die haben wir ganz vergessen.
»Fast«, antwortet die Baronin ohne rot zu werden. »Wir folgen einer heißen Spur. Deshalb bin ich auch verkleidet.«
Herr Hoffmann nickt verständnisvoll. »Dachte ich mir schon.«
Ich habe ein furchtbar schlechtes Gewissen.
»Um meine Tarnung zu vervollständigen, wollte ich Sie bitten, mir Ihren alten Mantel zu leihen.«
Sofort sprintet Herr Hoffmann in die Wohnung zurück und holt den alten dunkelbraunen Mantel. Freudestrahlend drückt er ihn der Baronin in die Hand. Sie schlüpft sofort hinein und dreht sich einmal im Kreis.
»Wie sehe ich aus?«, fragt sie.
»Sehr gut«, sagt Herr Hoffmann leicht verlegen.
»Mist, dann war ja alles umsonst«, schimpft die Baronin. »Wir sehen uns nachher, Herr Hoffmann.«
Sie marschiert den Gang entlang auf die Treppe zu. Ich verabschiede mich von Herrn Hoffmann und folge ihr dann.
»Sind Sie nervös?«, frage ich sie vor der Tür.
Sie nickt. »Jetzt hängt es von uns ab, ob die Ent-

führer mit ihrem Verbrechen durchkommen oder nicht.«

Sie winkt einem Taxi. Der Fahrer wird erst langsamer, gibt aber Vollgas, sobald er die Baronin sieht. Ich kann es dem Kollegen meines Vaters nicht verübeln. Penner sind nicht gerade ihre liebsten Fahrgäste. Und die Baronin sieht verdammt echt aus in ihrer Maskerade. Ich habe das Gefühl, dass es ihr höllisch viel Spaß macht, sich zu verkleiden.

»So wird das nichts«, ärgert sie sich. »Schnell, wir nehmen die Bahn.«

In der S-Bahn weichen die Leute der Baronin aus. Eine junge Frau mit einem kleinen Kind setzt sich sogar woanders hin.

»Was haben die denn?«, wundert sich die Baronin arglos. »Ob die mein neues Parfum nicht mögen?«

Als wir zwanzig Minuten später im Hafenviertel ankommen, haben wir fast den ganzen Wagen für uns.

»Raus hier!«, kommandiert meine Freundin. »Der Abfalleimer befindet sich gegenüber von einem Fischrestaurant.« Sie deutet hinüber. »Du wirst dich da drin ans Fenster setzen und mich beobachten. Ich wühle in der Mülltonne daneben.«

Plötzlich kriege ich Angst. Was ist, wenn die Kerle Waffen haben?

»Wollen Sie das wirklich machen?«, frage ich leise. »Es könnte gefährlich werden.«

Die Baronin nickt begeistert. »Das hoffe ich.«

»Ich will mitkommen«, verlange ich.

»Du siehst nicht aus wie ein Penner«, stellt sie fest. »Also musst du dich verstecken.«

Widerwillig nehme ich den Zehner, den sie mir entgegenstreckt. Einige Passanten beobachten die Szene gerührt. Wahrscheinlich haben sie noch nie gesehen, dass eine Pennerin jemandem Geld zusteckt.

»Passen Sie gut auf sich auf!«, sage ich.

»Aber klar!«

Damit dreht sie sich um und marschiert auf die andere Straßenseite. Und dann werde ich Zeuge, wie eine echte Baronin in einem Mülleimer wühlt. Sie zieht einige Plastiktüten aus ihrer Tasche und fängt an sie mit leeren Bierdosen zu füllen.

Ich betrete das Restaurant und bestelle eine Tasse Tee. Wenn ich mit der Baronin zusammen bin, habe ich manchmal das Gefühl, ich wäre der Erwachsene und sie das – äh – na ja, und sie zehn Jahre alt. Vielleicht bin ich auch deshalb so gern mit ihr zusammen.

Als ich sie beim Wühlen beobachte, muss ich lächeln. Sie wirkt so echt, dass ich mich frage, ob sie nicht in ihrem früheren Leben mal eine Pennerin war. Die meisten Leute, die vorbeigehen, machen einen Bogen um sie. Nur ein vornehmer Herr steckt ihr einen Geldschein zu, den sie verdutzt annimmt und dann achselzuckend einsteckt.

Plötzlich kommt Action in die Szene. Ein schwarzer BMW hält vor der Mülltonne neben ihr. In der eleganten Dame, die mit einer Plastiktüte in der Hand aussteigt, erkenne ich Frau Gehrke. Sie wirft der Baronin einen skeptischen Blick zu. Dann erkennt sie sie offenbar, denn sie zuckt zusammen.

Schließlich wirft sie die Tüte in die Tonne und steigt wieder in den Wagen. Sofort fährt er los und verschwindet im Verkehr.

Ich bezahle meinen Tee, um notfalls sofort lossprinten zu können, wenn die Kidnapper auftauchen. Aber die lassen sich Zeit. Zehn Minuten, fünfzehn Minuten. Bei jedem Auto, das in der Nähe der Abfalleimer langsamer wird, spannen sich meine Muskeln und ich mache mich darauf gefasst, loszurennen.

Die Baronin wühlt immer noch in ihrer Tonne, deren Inhalt sie langsam auswendig kennen muss.

Und dann wird es ihr offenbar zu blöd. Sie setzt sich in Bewegung und geht auf den Abfalleimer zu, der im Moment der reichste der Stadt sein dürfte. Langsam wühlt sie darin herum. Dann zieht sie eine Dose heraus und bückt sich, um sie in eine ihrer Tüten zu stecken.

Deshalb sieht sie ihn auch nicht kommen. Ich rase aus dem Restaurant. Die Ampel ist rot, deshalb muss ich tatenlos zusehen, wie nur fünf Meter von mir entfernt ein Typ mit Motorradhelm die Plastiktüte aus dem Mülleimer fischt. Die Baronin richtet sich auf.

»Hey, das ist meine!«, kreischt sie.

Aber der Kerl hat sich schon umgedreht und geht mit der Tüte in der Hand weg. Endlich schaltet die Ampel auf Grün und ich renne los.

»Stehen bleiben!«, schreit die Baronin. »Aufhalten!«

Wir rennen ihm beide hinterher. Er dreht sich um und rast dann ebenfalls los. Meine Lungen brennen schon nach wenigen Metern wegen der kalten Luft. Ich keuche und muss husten.

Die Baronin ist nur ein paar Schritte hinter mir, aber der Abstand zu dem Typen mit der Tüte wird größer. In einer letzten verzweifelten Anstrengung

springe ich nach vorne und versuche ihn festzuhalten. Leider erwische ich nur die Tüte und plumpse mit ihr in der Hand der Länge nach zu Boden.
Der Mann bleibt stehen, dreht sich um und scheint zu überlegen, ob er umdrehen und mir die Tüte wieder abnehmen soll. Aber da ist schon die Baronin neben mir. Er beschließt Fersengeld zu geben und ist innerhalb weniger Minuten in einer Seitenstraße verschwunden.
Mühsam stehe ich auf und huste bellend. Meine Lungen brennen wie Feuer. Auf beiden Straßenseiten stehen Leute, die uns neugierig anstarren. Die Szene hat natürlich Aufsehen erregt. Wir sollten abhauen, ehe die Polizei auftaucht.
Die Baronin hat inzwischen ihre Tüten fallen lassen und starrt dem Kerl fassungslos nach.
Dann nimmt sie mir meine Tüte aus der Hand und sieht hinein.
»Mist!«, schimpft sie.
»Was? Ich dachte, da wäre das Geld drin.«
»Ist es auch«, sagt sie düster. »Deshalb sage ich ja: Mist!«
Ich starre sie verständnislos an.
»Wir haben Mist gebaut, mein Junge. Wenn Quentin jetzt was passiert, ist das unsere Schuld.«

Kapitel 11

Nachdem sich die Baronin umgezogen hat, fahren wir sofort zu den Gehrkes. Im Taxi schweigen wir wie ein ganzer Friedhof.

Die Stimmung im Haus von Quentins Eltern wird sicher auch nicht besser sein, nachdem wir ihnen erzählt haben, dass wir alles versaut haben.

Die Baronin lässt sich unheimlich viel Zeit mit dem Bezahlen, als das Taxi vor der Tür hält. Ich entdecke Frau Gehrke im Garten vor dem Haus und steige schon mal aus.

Was ruft sie da? Tarantel?

Nein, Tarantino. Wer soll das denn sein? Ist das Quentins Spitzname? Ach, richtig – das ist der Name seines Katers.

Die Baronin tritt neben mich und macht das Gartentor auf.

»Guten Tag!«, begrüßt sie Frau Gehrke zerknirscht.

»Ich habe auf Sie gewartet«, sagt sie. »Gehen Sie

ruhig schon mal rein. Ich suche gerade nach Tarantino.«

»Wer ist das denn?«, fragt die Baronin.

»Quentins Kater. Ich habe ihn nicht mehr gesehen, seitdem Quentin verschwunden ist. Wahrscheinlich vermisst er ihn genauso wie ich. Katzen sind sehr empfindlich.«

Wir nicken und gehen ins Haus. Im Vorzimmer kommt uns Herr Gehrke entgegen.

»Und?«, fragt er mit hochgezogenen Augenbrauen. »Konnten Sie die Kidnapper verfolgen?«

Niedergeschlagen schütteln wir den Kopf. Die Baronin reicht ihm die Plastiktüte mit dem Geld.

»Wie soll ich das denn verstehen?«, fragt er. »Sie haben die Geldübergabe vereitelt und keinen Schimmer, wo mein Sohn steckt?«

Das trifft den Nagel so ziemlich auf den Kopf. Wir nicken betreten.

»Wie bitte?«, fragt Frau Gehrke aufgebracht, als sie reinkommt. »Die Kidnapper haben das Geld nicht bekommen?« Sie schwankt zu einem Stuhl und lässt sich hineinfallen. »Mein Junge! Was werden sie ihm antun?«

»Ich wusste, dass diese beiden Nieten alles vermasseln würden!«, schimpft Herr Gehrke. »Eine Rentnerin und ein Kind! Das kann ja nur schief gehen! Und diese Verbrecher werden ihre ganze Wut jetzt an meinem Sohn auslassen! O mein Gott!«

Normalerweise würden wir dem Kerl jetzt die Meinung sagen, aber unglücklicherweise hat er Recht. Wir haben tatsächlich versagt.

Eben macht Herr Gehrke den Mund auf, um noch etwas zu sagen, als das Telefon klingelt.

Wie von der Tarantel gestochen fährt seine Frau hoch, läuft ins Wohnzimmer und reißt den Hörer ans Ohr.

»Quentin! Geht es dir gut? – Warum nicht? Oh, diese Schweine! – Ja, es tut mir Leid! Sag ihnen, dass es uns Leid tut! – Wo? – In Ordnung! Machen wir!«

Sie legt den Hörer auf.

»Wie geht es ihm?«, fragt Quentins Vater.

Seine Frau schluchzt. »Sie geben ihm nur noch Fleisch zu essen, wo unser Quentin doch so ein überzeugter Vegetarier ist!«

»Haben sie eine neue Übergabe vereinbart?«, fragt ihr Mann.

Frau Gehrke wirft uns einen misstrauischen Blick zu. Dann sagt sie zu ihrem Mann: »Erzähl ich dir nachher.«

Wir haben verstanden.
»Viel Glück«, murmelt die Baronin sichtlich geknickt. »Wir verschwinden jetzt wohl besser.«
»Das sehe ich auch so«, sagt Herr Gehrke scharf. »Sie haben schon mehr als genug für uns getan.«
Wenn wir Hunde wären, würden wir jetzt mit eingezogenen Schwänzen aus der Tür schleichen. Und wahrscheinlich noch ein bisschen winseln.
»Und jetzt?«, frage ich die Baronin vor der Tür.
Sie seufzt. »Auf zu Herrn Hoffmann. Das ist offenbar der einzige Fall in der richtigen Größenordnung für uns.«
Sie zückt ihr Handy und ruft ein Taxi. Der Fahrer erzählt uns von irgendeinem Fußballspiel. Wir hören kaum hin. Ständig muss ich an Quentin denken, der jetzt mit rohem Fleisch gefüttert wird. Und das ist alles unsere Schuld. Warum haben wir den Fall nur angenommen?
Wenn wir dachten, dass die Standpauke der Gehrkes die einzige des Tages bleiben würde, haben wir uns allerdings geschnitten.
»Warum haben Sie meinen Fall denn angenommen, wenn Sie sich dann gar nicht darum kümmern?«, fragt Herr Hoffmann geknickt.
Wir sitzen ihm gegenüber an einem reich gedeckten

Kaffeetisch. Aber weder die Baronin noch ich haben Appetit auf all die Köstlichkeiten, die Herr Hoffmann aus der Bäckerei um die Ecke geholt hat.
Die Baronin hat ihm die Wahrheit gebeichtet: dass wir uns kaum um seinen Fall gekümmert haben und die bisherigen Verdächtigen ganz und gar nicht verdächtig waren.
»Was ist nur los mit Ihnen?«, fragt Herr Hoffmann verwundert und blickt von einer Trauermiene zur anderen. »Welche Laus ist Ihnen beiden denn über die Leber gelaufen?«
»Keine Laus, sondern ein Junge«, erwidert die Baronin.
»Was?«
Und dann erzählt ihm die Baronin von Quentin.
Am Ende hat Herr Hoffmann den gleichen zerknirschten Gesichtsausdruck wie wir beide. Die Frage ist nur: Warum?
»Was haben Sie denn für Hinweise?«, will er wissen.
Die Baronin sieht mich fragend an, aber ich zucke nur die Schultern. Es wäre nicht das erste Mal, dass Herr Hoffmann uns bei einem Fall hilft. Und diesmal sind wir mit unserem Latein wirklich am Ende.

Die Baronin kramt in ihrer Tasche und gibt ihm das Foto, auf dem Quentin die Zeitung hält, das Bild mit dem Kater und den Erpresserbrief.
Er wirft einen kurzen Blick darauf, steht dann auf und geht zu seinem Schreibtisch.
Aus einer der Schubladen nimmt er eine dicke, schwarze Ledermappe, in deren Umschlag eine Lupe steckt.
Mit der Lupe untersucht er noch einmal unsere Beweisstücke.
»Schlampig geklebt«, stellt er fest und legt den Erpresserbrief zur Seite.
Dann sieht er sich das Foto mit dem Kater an. Sein Gesicht wird weicher, bis er selig lächelt.
»Ach ja«, seufzt er. »So eine Katze hatte ich auch mal. Marilyn hieß sie. Aber meine Marilyn hatte eine weiße Pfote, die hier hat einen weißen Fleck zwischen den Ohren.«
Was sagt er da? Ich wäre vor Überraschung fast unter den Tisch gekippt.
»Herr Hoffmann«, sagt die Baronin drohend langsam. »Was ist das da für eine schwarze Mappe?«
Er zuckt zusammen. »Welche schwarze Mappe meinen Sie denn, verehrte Frau Baronin?«

Die Baronin steht auf und nimmt die Mappe in die Hand. »Ein Briefmarkenalbum!«, keucht sie. »Es war die ganze Zeit hier.«

»Ja, wissen Sie –«

»Ja, jetzt weiß ich«, sagt die Baronin böse. »Sie Betrüger! Warum haben Sie sich diesen Blödsinn mit den entführten Marken ausgedacht?«

Herr Hoffmann sieht aus wie ein begossener Pudel. »Die einzige Möglichkeit, etwas Zeit mit Ihnen zu verbringen, ist nun mal, Opfer eines Verbrechens zu werden. Also dachte ich –«

»Sie werden gleich Opfer eines Verbrechens werden! Eines Mordes! Nie wieder rede ich ein Wort mit Ihnen!«, regt sich die Baronin auf. »Sie falscher Fuffziger, Sie!«

»Seien Sie nicht zu streng mit ihm«, unterbreche ich die Baronin schnell und starre das Foto mit dem Kater an.

»Warum denn nicht?«, fragt sie überrascht.

»Er hat gerade unseren Fall gelöst.«

Kapitel 12

Ob ich der Baronin einen Blindenhund kaufen soll? Oder besser: einen Blindenkater? Endlich habe ich mal einen Fall gelöst, während sie noch völlig im Dunkeln tappt.

Diesmal beeile ich mich wie noch nie, von der Schule nach Hause zu kommen. Sogar Murat hätte Probleme, mit mir Schritt zu halten. Dabei mault er doch sonst immer, weil ich mich angeblich im Schildkrötentempo bewege. Mein bester Freund hütet allerdings immer noch das Bett – und den Computer. Wenn er wüsste, dass er hier eine viel spannendere Geschichte verpasst, als Lara Croft sie erlebt!

Macht nichts, ich werde ihm alles erzählen, sobald der Fall abgeschlossen ist. Allerdings ist Lara wohl eher Murats Typ als die Baronin.

Ich schließe die Wohnungstür auf, knalle meine Schultasche in eine Ecke und laufe in die Küche.

»Mama, ich muss unbedingt noch mal in den Garten. Fährst du mich hin?«

Sie sieht von einem Kreuzworträtsel auf und verzieht das Gesicht. Dann steht sie auf, kommt auf mich zu und legt mir eine Hand auf die Stirn.

»Du bist ja glühend heiß«, sagt sie. »Am besten, du gehst erst mal ins Bett!«

»Ich bin nur deshalb heiß, weil ich nach Hause gerannt bin«, wehre ich ihren Vorschlag ab. »Und jetzt muss ich in den Garten.«

Sie setzt sich wieder und knabbert an ihrem Kuli herum. »Hör mal, das mit dem Garten war vielleicht doch keine so gute Idee«, meint sie. »Ich habe keine Lust, dauernd mit dem Auto hin und her zu fahren. Weißt du, wie viel Benzin man da verbraucht? Nur um ein paar Stunden an der frischen Luft zu verbringen, verpestet man sie mit Abgasen.«

Ich hab's geahnt!

»Heißt das, du fährst mich nicht hin?«

»Du bist doch schon erkältet«, sagt sie. »Da solltest du dich nicht auch noch draußen rumtreiben.«

Ich stöhne auf.

»Und was war mit *Du solltest viel öfter draußen spielen!*?«

»Nur große Geister gestehen auch mal kleine Fehler ein!«, meint sie grinsend.
Wütend stapfe ich zum Telefon und ärgere mich, dass meine Mama ein großer Geist ist.
»Stöver.«
»Meine Mutter will mich nicht fahren«, beklage ich mich bei der Baronin.
»Ich hol dich mit dem Taxi ab«, sagt die Baronin sofort. »Willst du mir immer noch nicht sagen, was uns dort erwartet?«
»Quentin«, erwidere ich knapp und verabschiede mich von ihr.
Meine Mutter kommt mit einer Tasse heißem Tee auf mich zu. »Hast du mit Murat telefoniert?«, fragt sie und gibt mir die Tasse.
Ich nicke. »Er – äh – kommt morgen wieder in die Schule und braucht mein Matheheft, um den Stoff nachzuholen«, lüge ich. »Darum muss ich kurz weg.«
»Ich fahr dich schnell hin«, bietet sie mir an.
»Ach, die paar Meter!« Ich spüre, dass ich knallrot anlaufe. Ein richtig guter Lügner werde ich wohl niemals werden und dafür hasse ich mich. Ja, ehrlich!
Ehe ich mich verrate, schnappe ich schnell meinen Anorak und laufe die Treppe hinunter.
Fünf Minuten später hält das Taxi vor der Haustür.

Ich steige ein und begrüße den Kollegen meines Vaters.
»Du fährst ja ziemlich oft Taxi in letzter Zeit«, schmunzelt er.
Ich werde schon wieder rot. Na toll! Heute Abend wird mein Vater nach Hause kommen und meiner Mutter erzählen, dass mich sein Kollege durch halb Hamburg kutschiert hat. Warum habe ich nicht früher daran gedacht?
»Also, was hat Quentin mit der Schrebergartensiedlung zu tun?«, fragt die Baronin neugierig.
Ich zucke die Schultern.
»Hast du den Kidnapper dort gesehen, als du mit deiner Mutter da warst?«, fragt sie. »Jetzt sag doch endlich was, Benedikt! Bin ich wenigstens auf der richtigen Spur?«
»Wenn die Spuren von einer Katze stammen, dann ja«, krächze ich.
Den Rest der Fahrt schweige ich lieber, sonst kriege ich vielleicht gleich kein Wort mehr raus.
»Wir sind da«, sagt der Fahrer schließlich und hält auf dem Parkplatz. Der Wagen vom Tanker steht noch da. Aber kein Moped. Schade!
»Grüß deinen Vater von mir!«, sagt der Taxifahrer, als wir aussteigen.

Schnurstracks führe ich die Baronin zum Tanker.
»Hallo!«, rufe ich ihm schon von weitem zu. »Darf ich Ihnen meine Freundin vorstellen? Die Baronin von Stöver.«
Die beiden schütteln einander die Hand. Nach dem Grinsen zu schließen, das dem Tanker im Gesicht hängt, gefällt ihm die Baronin. Kein Wunder! Heute ist sie ja auch nicht als Pennerin verkleidet.
»Freut mich!«, begrüßt er sie. »Sie sind bestimmt Benedikts Tante.«
Jetzt lächelt auch die Baronin. Scheinbar gefällt ihr der Tanker auch. Eigentlich hätte ich nicht gedacht, dass er ihr Typ ist.
»Ich hab eine Frage«, sage ich. »War der schwarze Kater heute schon da?«
»Aber ja«, bestätigt der Tanker. »Er hat sich voll gefressen und ist wieder abgehauen.«
»Mist!«, ärgere ich mich. »Dann kommt er sicher nicht mehr her.«
»Wolltest du ihn denn streicheln?«, fragt der Tanker verwundert.
»Nein, ich wollte wissen, wo er hingelaufen ist.«
Der Tanker sieht zu Boden. »Ist doch ganz einfach«, meint er. »Gestern Nacht hat es geschneit

und außer mir ist hier noch keiner rumgestiefelt. Folg doch den Spuren im Schnee.«
O Mann, bin ich ein Superdetektiv! Auf die Pfotenspuren hätte ich auch selbst kommen können.
»Bis später«, sagt die Baronin freundlich und folgt mir, während ich den Spuren folge.
Sie führen durch den Garten vom Tanker nach draußen auf den Weg. Dort laufen sie erst mal geradeaus. Dann fehlen etwa vierzig Zentimeter. Der Kater muss gesprungen sein. Aber warum? Aha, Vogelspuren. Offenbar hat er aber keinen erwischt. Dann biegen die Tatzenabdrücke nach links ab. Wir müssen über einen Gartenzaun steigen und uns durch ein Gebüsch zwängen. Schnee rieselt auf unsere Köpfe. Dann sind wir im nächsten Garten. Wieder ein Gartenhäuschen, wieder ein Gebüsch.
»Bist du sicher, dass das die richtigen Spuren sind?«, fragt die Baronin zweifelnd und schüttelt eine Ladung Schnee aus ihren kurzen grauen Haaren.
»Wie viele Katzen können hier denn rumlaufen?«, brumme ich und niese dreimal hintereinander.
Und dann sind wir am Ziel: Die Spuren führen direkt zu einem Gartenhäuschen, aus dessen Rauchfang es qualmt.

»Hier ist jemand«, stellt die Baronin fest.
Das habe ich mir schon gedacht. Wir gehen um das Haus herum bis zur Tür. Es sieht aus wie auf einer Weihnachtspostkarte. Ein kleines Blockhäuschen in einem Winterwunderwald und ein Schornstein, dessen Rauch aussieht wie Watte. Ich klopfe an die Holztür.
»Patrizia?«, fragt eine Stimme von drinnen.
Dann geht die Tür auf und wir stehen Quentin Gehrke gegenüber.
»Herzlichen Glückwunsch«, sagt die Baronin trocken. »Wir haben dich befreit!«

Kapitel 13

Quentin sieht müde aus, aber nicht ängstlich. Er setzt sich auf das Klappbett im Gartenhaus und blickt uns aus seinen stechend blauen Augen abwartend an, während er seinen schwarzen Kater streichelt. Er hat die gleiche Haarfarbe wie das Tier.

»Ich bin Benedikt«, stelle ich mich vor. »Und das ist die Baronin von Stöver.«

»Wer ich bin, wisst ihr ja«, sagt Quentin, während ein schwaches Lächeln über sein Gesicht huscht.

Ich nicke. »Wo ist denn Patrizia?«

»Gute Frage«, meint er. »Eigentlich müsste sie schon wieder hier sein.«

»Mit dem Geld?«

Er sieht mich überrascht an. Allerdings nicht halb so überrascht wie die Baronin.

»Vielleicht erklärt mir mal einer, was hier vorgeht«, sagt sie ungehalten.

»Willst du oder soll ich?«, frage ich Quentin.

»Mach nur«, meint er gelassen.
Ich räuspere mich und putze mir erst mal ausgiebig die Nase. Dabei fällt mir eine Schale mit Obst auf einem Holztisch auf. Quentin ist also doch nicht gezwungen gewesen Fleisch zu essen.
»Dass Quentin von seinen Eltern kaum mal Geld gekriegt hat, wissen Sie ja«, fange ich an.
»Kaum?«, schnaubt Quentin verächtlich. »Nie!«
»Er musste sich von seiner Freundin einladen lassen, wenn sie mal ins Kino oder Eis essen wollten.«
»Dabei verdient Patrizias Vater so viel Geld im Monat wie mein Vater an einem Tag«, ergänzt Quentin bitter.
»Also haben die beiden beschlossen eine Entführung vorzutäuschen«, fahre ich fort. »Patrizia hat Quentin im Gartenhäuschen ihrer Großeltern versteckt, weil im Winter nie jemand hier ist. Sie hat ihm eine Zeitung in die Hand gedrückt und ein Polaroid von ihm gemacht. Dann haben sie einen Erpresserbrief gebastelt, den Quentin zu Hause in den Briefkasten gesteckt hat, als Patrizia ihn mit ihrem Moped abholte und hierher brachte. Weil sie den Brief und das Foto vorbereiten mussten, haben sie das Bild einen Tag vorher aufgenommen. Deshalb auch die Zeitung vom Vortag.«

Quentin schlägt sich auf die Stirn. »So ein Mist! Daran haben wir überhaupt nicht gedacht!«
»Tja, auch Verbrechen wollen gelernt sein«, meint die Baronin.
»Und dann haben wir uns eingemischt«, erzähle ich. »Quentin rief an, um die Geldübergabe auszumachen. Als er Ihre Stimme hörte, war er ziemlich verunsichert. Stimmt's?«
Quentin und die Baronin nicken.
»Und als ich Patrizia auch noch hier im Garten über den Weg lief, müssen die beiden es wirklich mit der Angst bekommen haben. Sie behauptete, sie wolle einen Schneemann bauen, und zeigte mir eine Karotte und Kohlestücke. Die Kohle war für den Ofen hier und die Karotte für Quentin, den Vegetarier.«
»An Tarantino hat sie dabei leider nicht gedacht«, seufzt Quentin. »Er musste sich hier im Garten selbst auf die Jagd machen.«
»Die Fische!«, fallen der Baronin die Schuppen von den Augen.
Ich nicke. »Es war Patrizia in ihrem Motorradhelm, die uns am Hafen entwischt ist. Aber ohne das Geld. Also haben die beiden eine neue Übergabe ausgemacht. Wo, wissen wir nicht.«

»Bei McDonald's«, erklärt Quentin. »Meine Mutter soll sich in einer Toilette einsperren und das Geld unter der Zwischenwand durch in die nächste Kabine schieben. Dort wartet Patrizia.«
»Und dann?«, fragt die Baronin.
»Dann wäre ich wieder nach Hause gefahren.«
»Warum 50000 Euro?«, will die Baronin wissen.
Er zuckt die Schultern. »Taschengeld für die vergangenen sechzehn und die nächsten zwei Jahre, bis ich mein Abitur habe und abhauen kann. Und eine kleine Zugabe für ein Moped.«
»Ziemlich viel Taschengeld«, brummt die Baronin.
»Meine Eltern sind reich«, sagt Quentin. Dann sieht er zu Boden. »Außerdem wollte ich herausfinden, ob ich ihnen überhaupt so viel Geld wert bin. Für meine Eltern zählen nur Dinge, die sie sich erarbeiten mussten. Ihre Häuser, ihre Autos, ihre Ferienreisen. Dafür mussten sie studieren, sich was einfallen lassen, Hunderte Überstunden machen. Um mich zu bekommen, mussten sie nicht allzu viel tun.« Er grinst. »Ich dachte, sie würden es vielleicht anders sehen, wenn sie für mich bezahlen müssten.«
In dem Moment geht die Tür auf und Patrizia kommt rein. Sie trägt einen schwarzen Anorak

und ihren Motorradhelm unter dem Arm. In der anderen Hand hat sie eine Tüte, die ziemlich schwer aussieht.
Als sie uns sieht, will sie weglaufen.
»Lass nur, Pat«, meint Quentin. »Sie wissen alles.«
Patrizia verzieht das Gesicht. Sie lässt den Helm und die Tüte fallen, geht auf Quentin zu und setzt sich neben ihn aufs Bett. Er legt einen Arm um sie und streichelt ihr über die kurzen roten Haare.
»Wir haben's versaut«, sagt sie weinerlich. »Kommen wir jetzt in den Knast?«
Quentin sieht uns fragend an und ich die Baronin.
»Nein«, sagt sie bestimmt. »Warum auch?« Sie geht auf den Ofen zu und streckt ihre Hände aus, um sich zu wärmen. »Benedikt und ich haben Quentin in einer verlassenen Fabrik gefunden. Die Kidnapper sind abgehauen, als sie uns kommen sahen, und haben vor lauter Panik das Geld liegen gelassen.«
Quentin und Patrizia sehen sie ungläubig an. »Die Geschichte werden Ihnen meine Eltern nie abkaufen«, meint er.
»Brauchen sie auch nicht«, erwidert die Baronin grinsend. »Die bekommen sie umsonst.«

Kapitel 14

In Großaufnahme hält der dicke Mann die Knarre aus dem Autofenster und schießt in die Luft. Ein Schweißtropfen rinnt über sein Gesicht. In der nächsten Szene sieht man, wie der Junge, der aus dem Auto geflohen ist, durch den Wald rennt. Er hört einen Schuss und bleibt wie angewurzelt stehen.

Als die Baronin mit einer Tasse Tee ins Wohnzimmer kommt, halte ich das Video an.

»Bis hierhin hast du den Film also schon gesehen?«, fragt sie.

Ich nicke und wickle mich noch fester in die Wolldecke. Endlich kann ich krank sein!

»Dann kommt gleich die Szene, wo der Freund des Jungen seiner Mutter die Wahrheit sagt«, meint die Baronin und macht es sich in einem Fernsehsessel bequem.

Ich denke an Quentin und daran, wie seine Eltern

ihn gestern gedrückt und abgeschmust haben. Der arme Kerl sah so verwirrt aus, als wäre er Außerirdischen in die Hände geraten.

Das Geld, das die Baronin ihnen zurückgab, haben sie kaum eines Blickes gewürdigt.

»Wenn ihr weg seid, zählen die beiden es garantiert nach!«, hat uns Quentin beim Abschied zugeflüstert und Tarantino ganz fest an sich gedrückt.

Ob er noch so begeistert von seinem Kater wäre, wenn er wüsste, dass der ihn verraten hat?

»Tolle Fälle hatten wir in letzter Zeit«, sage ich zur Baronin. »Eine Erpressung, die keine war, ein Kidnapping, das keines war, und ein Diebstahl, der keiner war. Drei Fälle ohne Opfer – bis auf die Fische vom Tanker.«

Die Baronin kratzt sich am Ellbogen. »Ach ja, dieser Tanker. Ein netter Kerl. Will deine Mutter jetzt eigentlich den Garten mieten?«

Ich nehme erst einen Schluck Tee und schüttle dann den Kopf. »Ist ihr doch zu umständlich.«

»Vielleicht sollte ich mir das mal durch den Kopf gehen lassen«, meint die Baronin. »In meinem Alter sollte man viel frische Luft tanken.«

»Vor allem *tanken*«, sage ich grinsend.

Die Baronin wird rot und wirft ein Kissen nach mir. »Hüte deine Zunge, Benedikt Bachmann!«

Das tue ich und tauche sie noch mal in meinen Tee.

Es klingelt an der Tür. Die Baronin sieht mich überrascht an. Dann steht sie auf und öffnet.

»Herr Hoffmann!«, sagt sie wenig begeistert. »Was wollen Sie denn hier?«

»Ich bin Opfer eines Verbrechens geworden!«, ruft er aufgeregt. »Mein Lieblingsfüllhalter ist verschwunden. Sicher geklaut. Übernehmen Sie den Fall?«

»Aber ja«, sagt die Baronin. Sie geht zur Garderobe und holt den alten Mantel, mit dem sie sich als Pennerin verkleidet hatte. »Ich habe ihn auch schon gelöst. Der Füller war in Ihrem Mantel. Hiermit gebe ich ihn Ihnen zurück.«

»So ein Mist!«, höre ich ihn schimpfen.

»Herr Hoffmann!«, ruft die Baronin. »Sie gehen in die falsche Richtung. Ihre Wohnung ist auf der anderen Seite des Ganges.«

»Ich gehe nach draußen«, ruft Herr Hoffmann. »Vielleicht habe ich ja Glück und werde überfallen!«

Lachend kommt die Baronin zurück ins Wohnzimmer und setzt sich vor ihre Teetasse. Ich greife nach der Fernbedienung und drücke auf *Play*.

Ein Polizist redet mit der Mutter des verschwundenen Jungen. »Wenn etwas nach Kidnapping aussieht, nach Kidnapping riecht und sich nach Kidnapping anhört, dann ist es auch Kidnapping!«, erklärt er gerade.

Die Baronin und ich sehen uns in die Augen und lachen.

»Diese blöden Drehbuchautoren!«, stellt die Baronin kopfschüttelnd fest. »Die haben doch keinen blassen Schimmer von der Wirklichkeit.«

»Die sollten mal einen Film über unsere Fälle drehen«, stimme ich ihr zu.

Die Baronin nickt. »Ich weiß auch schon genau, wer mich spielen soll.«

Ich sehe sie überrascht an. »Wer denn?«

»Jennifer Lopez.«

Ein Fall für zwei

Bieniek, Jablonski, Walder
Ein charmanter Schwindler
Zwei echte Profis
128 Seiten
Taschenbuch
ISBN 3-551-36258-0

Bieniek, Jablonski, Walder
Die verschwundene Ophelia
Zwei echte Profis
128 Seiten
Taschenbuch
ISBN 3-551-36256-4

Bieniek, Jablonski, Walder
Jagd auf den Pillendieb
Zwei echte Profis
144 Seiten
Taschenbuch
ISBN 3-551-36257-2

Was hat sich die Baronin nur dabei gedacht, Benedikt zu ihrem Friseur mitzuschleppen? Im Salon Denise gibt es bestimmt keine Verbrechen – höchstens eine misslungene Dauerwelle! Doch Benedikt irrt sich. Denn die verheulte Friseurin plagen echte Sorgen: Ein Heiratsschwindler hat ihr nicht nur das Herz gebrochen, sondern sie ganz nebenbei um 25.000 Euro erleichtert. Jetzt sind zwei echte Profis gefragt!

Viel Spaß mit diesem und weiteren spannenden Kriminalfällen der zwei echten Profis!

CARLSEN

www.carlsen.de